Dino

Carla Jablonski

Die Bücher der Magie™

Band 2

Bannkreise

Geschaffen von Neil Gaiman und John Bolton

Aus dem amerikanischen Englisch
von Michael Nagula

Dino

Die Deutsche Bibliothek – CIP-Einheitsaufnahme
Ein Titeldatensatz für diese Publikation ist bei der Deutschen Bibliothek erhältlich.

*Dieses Buch wurde auf chlorfreiem,
umweltfreundlich hergestelltem
Papier gedruckt.*

In neuer Rechtschreibung.

Deutsche Ausgabe herausgegeben von Panini Verlags GmbH,
Rotebühlstraße 87, 70178 Stuttgart.

Originalausgabe: *The Books of Magic #2: Bindings* by Carla Jablonski.
First published by Eos in 2003. Eos is an imprint of HarperCollins Publishers.

The Books of Magic: Bindings was primarily adapted from the story serialized in *The Books of Magic Volume 2, #1–4,* originally published by Vertigo, an imprint of DC Comics, © 1994.

Übersetzung: Michael Nagula
Lektorat: Patrick Niemeyer
Redaktion: Mathias Ulinski, Holger Wiest
Chefredaktion: Jo Löffler
Umschlaggestaltung: TAB Werbung GmbH, Stuttgart
Cover art by Christopher Moeller
Satz: Greiner & Reichel, Köln
Druck: Panini S. P. A.

ISBN: 3-8332-1087-7
1. Auflage, Februar 2004
Printed in Italy

www.dinocomics.de
www.dccomics.com

Für Rich T. und Charlie K.,
weil sie die Magie Wirklichkeit werden lassen.
– CJ

Die Bücher der Magie
Eine Einführung
von Neil Gaiman

Als ich noch ein Teenager war, nur wenige Jahre älter als Tim Hunter in dem Buch, dass ihr in der Hand haltet, kam ich eines Tages zu dem Entschluss, dass es langsam an der Zeit war, meinen ersten Roman zu schreiben. Das Buch sollte *Wilde Magie* heißen, und sein Schauplatz war ein kleines Internat in England wie das, dem ich gerade entkommen war – nur dass in dem Internat in meinem Roman Magie unterrichtet wurde. In dem Buch kamen ein junger Held namens Richard Grenville und zwei wunderbare Schurken vor, die sich Mister Croup und Mister Vandemar nannten. Es sollte eine Mischung aus Ursula K. Le Guins *Erdsee,* T. H. Whites *Das Schwert im Stein* und, na ja, irgendwie meiner eigenen Hervorbringung werden. So hatte ich mir das zumindest vorgestellt. Ich hielt es für die perfekte Romanhandlung, meinen Helden Magie lernen zu lassen, und ich war vollkommen sicher, dass ich sehr überzeugend über Magie schreiben konnte.

Ich schaffte etwa fünf Seiten, bevor mir klar wurde, dass ich absolut keine Ahnung hatte, was ich da tat, also ließ ich die ganze Sache bleiben. (Später sollte ich erfahren, dass die meisten Bücher von Leuten geschrieben wurden, die keine Ahnung hatten, was sie taten, die Bücher aber trotzdem zu Ende schrieben. Hätte ich das doch nur damals schon gewusst!)

Jahre vergingen. Ich heiratete, bekam Kinder und lernte, wie man Dinge zu Ende bringt, die man angefangen hat.

Dann rief mich eines Tages – es war 1988 – eine Lektorin aus Amerika namens Karen Berger an. Ich hatte gerade angefangen, einen monatlich erscheinenden Comic mit dem Titel *Sandman* zu schreiben, den Karen betreute, von dem bis dahin aber noch nichts veröffentlicht war. Karen war aufgefallen, dass ich ein detailgenaues Wissen über obskure, unbekanntere DC-Comics-Figuren mit der bizarren Fähigkeit verband, sie zu etwas mehr oder weniger Zusammenhängendem umzuorganisieren. Und daher machte sie mir einen Vorschlag.

„Willst du nicht mal einen Comic schreiben", fragte sie bei mir an, „der einen historischen Abriss der Magie in Vergangenheit, Gegenwart und Zukunft des DC-Comics-Universums gibt? Eine Art *Wer ist wer?*, aber mit einer Story? Wir könnten es *Die Bücher der Magie* nennen."

„Nein danke", sagte ich und machte ihr klar, wie albern dieser Gedanke war – ein *Wer ist wer?*, das gleichzeitig ein Geschichtsbuch, ein Reiseführer und ein Roman sein sollte? „Eine reichlich lächerliche Idee", sagte ich, und sie entschuldigte sich dafür, das Ganze auch nur vorgeschlagen zu haben.

Am selben Abend kreisten meine Gedanken kurz vor dem Einschlafen noch einmal um Karens Anruf und darum, was für eine alberne Idee das gewesen war: Eine Geschichte, die vom Anfang der Zeit bis zum Ende der Zeit verlief, und irgendwie sollten darin all diese seltsamen Leute vorkommen, und der Leser sollte alles über Magie erfahren ...

Vielleicht war es ja doch nicht so lächerlich.

Und dann seufzte ich, weil ich wusste, dass am Morgen alles wieder verschwunden sein würde, wenn ich jetzt richtig einschliefe. Also stieg ich aus dem Bett und schlich zurück in mein Arbeitszimmer, bemüht, niemanden aufzuwecken, während ich schnell ein paar Ideen niederschrieb.

Ein Junge. Ja. Es musste ein Junge darin vorkommen. Ein kluger, witziger Junge, der ein bisschen ein Außenseiter war und der irgendwie erfahren würde, dass er das Potenzial hatte, der größte Magier der Welt zu werden – sogar noch mächtiger als Merlin. Und es würden vier Begleiter vorkommen, die ihn durch die Vergangenheit, die Gegenwart, andere Welten und endlich die Zukunft führten, ganz ähnlich wie die Geister, die Ebenezer Scrooge in Charles Dickens *Eine Weihnachtsgeschichte* begleiten.

Ich dachte einen Augenblick daran, ihn Richard Grenville zu nennen, nach dem Helden jenes Buchs, das ich nie geschrieben hatte, aber das klang irgendwie zu heroisch (der ursprüngliche Sir Richard Grenville war immerhin ein Kapitän, Abenteurer und Forscher gewesen). Also nannte ich ihn Tim, wahrscheinlich, weil die Monty-Python-Truppe aufgezeigt hatte, dass Tim ein ausgesprochen unwahrscheinlicher Name für einen Zauberer war, oder aus einer schwachen Erinnerung an Margaret Storeys magische Kindergeschichte *Timothy and the Two Witches* heraus. Ich überlegte mir, dass sein Nachname vielleicht Seekings lauten könnte, und so hieß Tim denn auch im ersten Entwurf, den ich Karen schickte – in gewissem Sinn ein Tribut an John Masefields packende Geschichte über Magie und Schmuggler, *Das Mitternachtsvolk*. Aber Karen fand das ein bisschen zu wörtlich, also wurde er mit einem einfachen Federstrich zu Tim Hunter.

Und als Tim Hunter setzte er sich auf, blinzelte, putzte sich die Brille mit dem T-Shirt und ging in die Welt hinaus.

(Ich bin nie dazu gekommen, die kleine englische Privatschule, in der Magie unterrichtet wird, in einer Geschichte zu verwenden, und ich nehme an, das werde ich jetzt auch nicht mehr tun. Aber ich war sehr erfreut, als Mr. Croup und Mr. Vandemar schließlich in einer Geschichte über das Leben in Londons Untergrund auftauchten, die ich *Niemalsland* nannte.)

John Bolton, der erste Künstler, der Tim zeichnete, hatte einen Sohn, der gerade im richtigen Alter war, und daher wurde er Johns Modell für Tim mit seinem zerzausten Haar und der Brille. Und 1990 wurden die ersten vier Bände von Comics, die zum ersten gezeichneten *Bücher-der-Magie*-Roman wachsen sollten, veröffentlicht.

Schon bald hatte Tim eine monatliche Comicserie, die seine Abenteuer, seine Missgeschicke und seinen eher trägen Lernprozess verfolgte, wie sie vom Autor John Ney Reiber niedergeschrieben wurden, der Tim viel gegeben hat – vor allem Molly.

In dieser neuen Reihe von Romanen ohne Bilder hat sich

nun Carla Jablonski einer herausfordernden Aufgabe gestellt: Sie hat nicht nur Tims alte Geschichten adaptiert, sondern erzählt auch neue und hat damit die Biografie eines jungen Mannes erweitert, der vielleicht einmal der mächtigste Magier der Welt sein wird. Selbstverständlich nur, falls er es schafft, so lange zu überleben …

Neil Gaiman
Mai 2002

Prolog

Und so soll es geschehen,
ein sterbliches Kind
wird sich wie sein Vater zuvor
ins Reich begeben

Ein Kind, das nach Wissen strebt
Wird ins Land kommen
Wenn das Land selbst leidet
Und ihm Hoffnung geben

Magie gehorcht der Not

Wie sein Vater vor ihm
Wird es wandeln können
Aber wo der Vater sein Fleisch wandelt
Und die Menschenhaut abwirft
Wird das Kind das Schicksal selbst umkehren.

Der Falke schoss mit kräftigen Flügelschlägen in den Himmel. Tamlin, der Falkner der Königin, schirmte die Augen gegen die Sonne ab und sah seinem Schutzbefohlenen hinterher. Er war zufrieden mit den Kreisen, die der Vogel zog, weil sie ihm sagten, dass der Falke nicht flüchten würde. Nun konnte er seine Aufmerksamkeit wieder nach innen wenden, wo er die drängenden Fragen, die an ihm nagten, nicht mehr ignorieren konnte.

War es tatsächlich möglich?, fragte er sich. Diese alte Prophezeiung – er hatte nie daran geglaubt. Aber nun musste er immer wieder daran denken. Nun dachte er immer wieder an diesen Jungen, der hergekommen war an diesen Ort, den man Faerie, das Feenreich, nannte, und die Königin bei einem ihrer eigenen Spiele geschlagen hatte.

Tamlin hatte den Jungen aus dem Reich der Sterblichen nur kurz gesehen, aber er hatte ihn nicht vergessen. Ein Junge, der sich gegen die Königin behaupten konnte – so etwas vergaß man nicht so leicht.

Aber war Timothy Hunter, der kurz das Reich des Feenvolks besucht hatte, wirklich das Kind aus der Prophezeiung? Wenn er das wäre – und wenn die Prophezeiung zutraf –, würde das Konsequenzen für Tamlin haben, für die Königin und sogar für Timothy selbst. Deshalb wusste Tamlin nicht einmal, was er sich selbst wünschen sollte, was er hoffen sollte, oder ob Hoffnung überhaupt möglich war. Tamlin wollte nicht noch einmal betrogen werden. Er hatte sich in der Vergangenheit von den Zaubern des Feenreichs zu bereitwillig täuschen lassen.

Der Falkner seufzte. Zu oft hatte er sich gestattet, von diesem Land betrogen zu werden. Das Feenreich hatte unsagbare Freuden versprochen: Schönheit, Vergnügen und Entzücken. Eine sanfte, streichelnde Brise, glitzernde Bäche, verlockende Seen, wilde Wälder voller Geheimnisse. Aber das war gewesen, bevor sich alles verändert hatte.

Man glaubt immer, was man glauben will, dachte Tamlin, *und das Feenreich scheint diesen Selbstbetrug zu ermutigen und findet geheime Wege, es einem leichter zu machen, das Unakzeptable zu akzeptieren.* Es hat die Macht, Illusionen heraufzubeschwören und Verblendung zu hinterlassen. Tamlins langer Aufenthalt in dieser Welt hatte ihm das schmerzlich bewusst gemacht.

Er hob die behandschuhte Hand, um dem Falken, den er gerade ausbildete, ein Zeichen zu geben. *Und was ist mit der Königin?*, fragte er sich. *Sie ist so geübt darin, andere zu täuschen, dass man nur schwer herausfinden kann, was sie über das Land weiß, über die Prophezeiung, über alles.* Der majestätische Vogel stieß herab und landete, wie es sich gehörte, auf Tamlins Handgelenk. Er klammerte sich mit den Krallen an das dicke Leder des Handschuhs. Tamlin redete beruhigend auf den Vogel ein, während der sich putzte, dann zog er ihm die Haube über den Kopf. „Du und ich, wir sind gleich", sagte er zu dem Vogel. „Wir schwingen uns empor nach des Herzens Begehr, aber es ist nichts als eine Illusion der Freiheit."

Tamlin ließ den Blick über den Horizont schweifen. Es quälte ihn, mit ansehen zu müssen, was aus den königlichen Jagdgefilden geworden war. Wo einmal majestätische Bäume einer Unzahl von Tieren Zuflucht geboten hatten, waren nur verwitterte, knorrige Stämme zurückgeblieben. Dahinter lagen Wüstentäler, deren rissiger Boden nach Leben lechzte. Wie ganz Faerie.

Er wusste, dass er etwas unternehmen musste, und zwar bald.

*

Titania, Königin des Feenreichs, stand an der niedrigen Marmormauer, die die Terrasse hinter dem Palast umgab. Der Zwielichthimmel, der die helle und friedliche Szenerie in etwas Dunkleres, Drängenderes verwandelte, passte recht gut zu ihrer Stimmung.

Dieser Junge, dachte sie, *dieser Junge, der aus dem Reich der Sterblichen hierher gekommen ist. Und welche Macht er hatte …* Sie verstand es einfach nicht. *Es sei denn …*

Hat man mich betrogen?, fragte sie sich und kniff die goldenen Augen zusammen. Sie sah nicht mehr, was sich unmittelbar vor ihr abspielte: die Höflinge, die die Wege entlangschlenderten, Alben, die sich auf dem kristallklaren See vergnügten, die hübschen Flatterlinge, die ganz in der Nähe schwebend ihre Befehle erwarteten. Was sie dagegen sah, waren Verrat, Falschheit und Gefahr. Auch sie ließ sich von den alten Prophezeiungen beeinflussen. Vor all diesen Jahren – was war wirklich aus dem Jungen geworden? Sie hatte angenommen, er sei gestorben, wie man es ihr erzählt hatte; sie selbst war nie Zeuge dessen gewesen. Sie hätte nicht so töricht sein sollen; aber sie war damals vertrauensseliger gewesen, und wie es so schön heißt: Vertrauen ist die Tugend der Toren. Heute wäre das anders, und dann würde sie nicht dieser … dieser verblüffenden Offenbarung gegenüberstehen.

Das Ganze könnte aber auch von Segen sein, überlegte sie. Der Zorn darüber, dass das Kind aus der Prophezeiung noch am Leben war, dass man sie angelogen hatte, trübte nicht ihren Blick auf den Nutzen, den dieser Junge bringen konnte. Gleichzeitig bestand natürlich auch die Möglichkeit, dass die Prophezeiung nicht der Wahrheit entsprach. Und das Kind konnte entgegen ihres aufkeimenden Verdachts trotzdem tot sein.

Vertrauen. So sehr sie nun auch Bedenken heimsuchten, war Vertrauen etwas, worauf sie sich verlassen wollte, obwohl es eine verzwickte Sache war. Tamlin hatte sie niemals zuvor angelogen, was alles aber noch erbärmlicher machte. Es gab Zeiten, in denen sie sich gewünscht hätte, dass er das tat. Natürlich, er mochte hin und wieder Dinge vor ihr verborgen haben, wenn man ihm jedoch geradeheraus eine Frage stellte, gab er unweigerlich eine offene Antwort, selbst wenn eine solche ihm ihren Zorn eintragen sollte.

Ja. Er war der Einzige, den sie bitten konnte, der Einzige, der die Wahrheit herausfinden konnte. Aber wie würde er auf diese Nachricht ansprechen? *Vielleicht hat er das Rätsel ja schon längst gelöst,* dachte sie. Gesetzt den Fall, musste sie unbedingt an seinem Wissen teilhaben.

Sie schloss die Augen und spürte, wie die Brise abkühlte, weil die Sonne hinter dem Horizont versank.

„Komm herbei, mein Falkner." Sie beschwor Tamlin zu sich, indem sie ihn sich vorstellte. Als sie das Flattern der Flügel hörte, lächelte sie.

„Warum habt Ihr mich gerufen?", sagte jemand mit barscher Stimme.

Träge öffnete Titania die Augen. Tamlin – schlank und muskulös; Verratener und Verräter, ein Mann, den sie geliebt und verachtet hatte – stand vor ihr. Das glatte braune Haar hing ihm bis auf die Schultern und rahmte sein kantiges Gesicht ein. Widersacher und einzig wahrer Freund. Sie hatten so viel zusammen erlebt, dass ihre gemeinsame

Geschichte dick und schwer in der Luft zu hängen schien, wann immer sie einander gegenüberstanden.

Nun, da er hier war, wusste sie nicht recht, wie sie weiter vorgehen sollte. Bei allen anderen – selbst bei ihrem Gemahl Oberon – handelte sie, wie ihre Laune es ihr eingab, ohne einen Gedanken daran zu verschwenden, was sie da überhaupt verlangte oder tat. Aber Tamlin gegenüber nahm sie sich zurück. Sie wollte, dass er sie anerkannte, besonders, da er mit Anerkennung äußerst sparsam war.

Sie sah ihn nicht an; stattdessen blickte sie unverwandt geradeaus. Sie bemerkte ein paar winzige Flatterlinge in der Nähe und bedeutete ihnen zu verschwinden, weil sie Tratsch vermeiden wollte. Sie nickte den beiden bewaffneten Dienern zu, die sich diskret gerade so eben außer Hörweite aufgestellt hatten. Da sich immer mehrere Leibwächter in ihrer Nähe aufhielten, würde es aber zu viel Aufmerksamkeit erregen, wenn sie sie ganz wegschickte – es wäre zu offensichtlich, dass es hier um eine intime Angelegenheit ging.

„Ich denke die ganze Zeit darüber nach, was wohl aus jenem Jungen geworden ist", sagte sie. Sie sprach bewusst unbeschwert, so als entspränge ihre Frage nichts weiter als allgemeiner Neugier.

„Welcher Junge?", sagte Tamlin.

Diesmal sah sie ihn an und zog dabei eine Braue hoch. Sie teilte ihm lautlos mit, wie genau sie wisse, dass ihm völlig klar sei, um welchen Jungen es sich drehe.

„Ach", sagte Tamlin. „Der Sterbliche, der vor nicht allzu langer Zeit seinen Weg in die hiesige Welt gefunden hat."

„Ja, jener." Sie setzte sich mit dem Rücken zum Rasen auf die Mauer und erspähte dabei ihren Hofnarren Amadan, der aus ihrem Schlafzimmerfenster im Turm auf sie hinabschaute. Was trieb er dort oben? Herumspionieren, wie sie annahm. Sie ließ Amadan wissen, dass sie ihn entdeckt hatte. Sie würde ihn vielleicht noch brauchen, aber er sollte nicht vergessen, wer hier das Heft in der Hand hatte. Dieser Flatterling war zwar ein kleiner Wicht, aber mit seinen unaufhörlichen Intrigen und immer neuen Ränken hatte er einen großen Teil des Hofs in seinen Bann geschlagen.

Sie strich sich das lange Kleid über den Knien glatt. Der leichte Wind ließ den durchscheinenden pastellfarbenen Chiffon flattern. „Ich bin froh, dass man ihn zu mir gebracht hat." Tamlin nickte und wartete darauf, dass sie ihre Karten aufdeckte.

„Ich spüre große Macht in Timothy Hunter", sagte Titania. „Er benötigt Aufsicht. Ich will, dass du ihn hierher zurückbringst. Sofort."

Tamlins Blick aus den braunen Augen war unergründlich. Titania hätte nicht sagen können, was er dachte.

„Hast du mich nicht verstanden?", fragte sie ungeduldig und warf die langen Locken über die Schulter. „Ich will, dass du ihn herholst. Bring ihn hierher zu mir."

„Nein, das werde ich nicht", erklärte Tamlin entschlossen. Und dann verwandelte er sich in einen Falken, als wäre es das Natürlichste auf der Welt, und flog davon.

Kapitel eins

Ich wusste schon immer, dass Sportunterricht staatlich geförderte Folter ist, dachte Timothy Hunter. *Uns bei diesem Wetter draußen Fußball spielen zu lassen, ist unnötig grausam und unbarmherzig.*

Tim hielt sich am Rand des Spielfelds. Sport war, wenn man einmal vom Skateboarden absah, nicht seine starke Seite. Er fühlte sich in seinem Trikot irgendwie dämlich. Er hatte eine Gänsehaut, und das weite Trikot betonte nur, dass er kaum Muskeln besaß. Sein Vater sagte zwar ständig, Tim sei einfach nur am Wachsen, und so etwas sei eben typisch für einen Dreizehnjährigen, aber das Ganze ließ seine Arme und Beine nichts als schlaksig aussehen. Die knochigen Hand- und Fußgelenke ragten lächerlich weit aus Ärmeln und Hosenbeinen hervor.

Um die Sache noch schlimmer zu machen, war Molly O'Reilly mit der Mädchengruppe gerade dabei, um das Spielfeld zu laufen. Tim wollte auf keinen Fall, dass Molly sah, wie er einen Pass verdarb oder über die eigenen Schnürsenkel stolperte. Nicht, dass sie sich von sportlichen Typen sonderlich beeindrucken ließ, aber trotzdem, er wollte nicht wie der totale Tollpatsch auftreten. Und deshalb versuchte er so unauffällig wie möglich zu bleiben. Er wollte nicht, dass irgendetwas, was er tat, von seinen Mannschaftskameraden als Einladung aufgefasst werden konnte, ihm den Ball zuzukicken. Auf einmal begriff er aber, dass es eigentlich noch mehr auffiel, wenn er sich weiter hinten und von den anderen entfernt hielt.

Oh-oh. Wie Recht er gehabt hatte. Molly winkte ihm zu, während sie vorbeitrabte. Ihr lockiges braunes Haar war zu einem Pferdeschwanz zurückgebunden, der im Rhythmus ihrer Bewegungen wippte. Tim fiel auf, wie schnell sie war, und dabei geriet sie nicht mal ins Schwitzen.

Er wollte sie nicht gegen sich aufbringen, indem er nicht zurückwinkte. Also schob er seine Brille zurecht und hob dann den Arm. Er hielt ihn dicht an der Seite und wedelte nur mit der Hand hin und her. So ähnlich wie die Angehörigen der königlichen Familie bei Paraden immer winkten. Er versuchte aber, sich dabei so wenig wie möglich zu bewegen, um nicht die Aufmerksamkeit seiner Mannschaftskameraden auf sich zu lenken. Er warf einen kurzen Blick zu Bobby Saunders, der gerade im Ballbesitz war. *Jetzt bin ich in Sicherheit,* dachte er. *Bobby gibt den Ball nie ab, egal, an wen.*

Er ging wieder zum Tagträumen über. Sein Kopf schwirrte in letzter Zeit nur so vor Gedanken – wie wollte man da also von ihm erwarten, sich auf etwas so Gewöhnliches wie ein albernes Fußballspiel zu konzentrieren … Mit ihm war so viel passiert, und er war immer noch damit beschäftigt, das alles zu begreifen.

Vor nicht allzu langer Zeit war Timothy nicht sonderlich anders gewesen als jeder andere Dreizehnjährige, der in einer Londoner Sozialsiedlung wohnte. Aber dann waren vier Fremde aufgetaucht und hatten ihm mitgeteilt, dass er das Potenzial hatte, der mächtigste Magier zu werden, den die Welt je gesehen hatte. Ganz schön krass! Man brauchte wohl kaum zu erwähnen, dass sich die Dinge danach ziemlich radikal verändert hatten.

Diese Männer – die Trenchcoat-Brigade, wie er sie nannte – hatten ihn in andere Welten mitgenommen. Einer, der nur als der „Stranger“, der Fremde, bekannt war, hatte ihm die Vergangenheit gezeigt. Tim war Zeuge des Untergangs von Atlantis geworden, hatte uralte Zivilisationen gesehen und sogar den Zauberer Merlin kennen gelernt. Dann hatte einer namens John Constantine ihn nach Amerika mitgenommen, um ihn einigen Magiern der Gegenwart vorzustellen. Am Besten hatte Tim bei dieser Reise die Begegnung mit Zatanna gefallen, einer bewundernswerten Magierin, die er schon lange aus dem Fernsehen kannte. In echt war sie sogar noch cooler gewesen. Als Nächstes war er dann ins Feenreich gereist, in ein magisches Land, das geradewegs aus einem Fantasybuch zu stammen schien.

Das Feenreich war unheimlich toll gewesen. Und das nicht nur, weil es wahrscheinlich der schönste, aufregendste Ort war, der ihm je untergekommen war. Dort hatte er gespürt, dass Magie wirklich existierte. Mehr als das – Magie war etwas Natürliches, Alltägliches gewesen, gewöhnlich auf eine außergewöhnliche Art. Er hatte sprechende Tiere kennen gelernt, unangenehme kleine Geschöpfe und wunderschöne Feen, die fliegen und singen konnten, und selbst die Luft dort hatte in ihm den Wunsch geweckt zu tanzen – wenn er es denn mit dem Tanzen gehabt hätte.

Beinahe wäre er als Gefangener dort hängen geblieben, weil Titania, Königin des Feenreichs, ihn überlistet hatte, ein Geschenk anzunehmen. Aber dann war es ihm gelungen, einen Ausweg aus der Misere zu finden, um nach Hause zurückkehren zu können. Und selbstverständlich wäre kein Abenteuer ohne einen Anschlag auf das Leben des Helden wirklich komplett. Auch das hatte Tim schon hinter sich. Der Unheimlichste der vier, Mister E, hatte ihn in die Zukunft mitgenommen, „ans Ende der Zeit", wo er ihn dann mit einem zugespitzten Holzpflock angriff, den er ihm ins Herz rammen wollte. Es war das reinste Wunder, dass Tim es lebendig zurückgeschafft hatte.

Es schien, als hätten während all dieser Reisen immer wieder irgendwelche Leute versucht, ihn umzubringen oder seine Magie an sich zu reißen. John Constantine, den Tim von den vieren am liebsten mochte, hatte erklärt, dass Tims Magie für alles verwendet werden konnte, zum Guten und zum Schlechten, und dass es mächtige Kräfte gab, die sichergehen wollten, dass seine Magie die von ihnen erwünschte Entwicklung nahm – oder sich eben überhaupt nicht entwickelte. Mit anderen Worten, wenn Tim nicht für die Bösen arbeitete, würden sie ihn töten!

Ob ich noch immer in Gefahr schwebe?, fragte er sich nun. Seit die Trenchcoat-Brigade ihn an jenem verregneten Abend vor etwas mehr als einem Monat erschöpft und verwirrt zu Hause zurückgelassen hatte, war nichts Ungewöhnliches mehr passiert. Auf seltsame Weise war das sogar enttäuschend. *Was jetzt? Was soll ich mit diesem Wissen anfangen?*

Tim hatte auf seinen Reisen fast ununterbrochen Todesängste ausgestanden, sich andererseits aber auch noch nie zuvor lebendiger gefühlt. *Vielleicht weil ich so oft dachte, dass gleich mein letztes Stündlein schlägt,* versuchte er sich diesen Widerspruch zu erklären.

Tim ließ die Dinge, die er gesehen, und die Magie, deren er selbst fähig gewesen war, vor seinem geistigen Auge Revue passieren. Als sie einander erstmals begegneten, hatte Dr. Occult – derjenige, der Tim später das Feenland zeigen sollte – Tims Jo-Jo in eine Eule verwandelt. Am Ende der Zeit – dort, wo Tim von Mister E angegriffen wurde – hatte Jo-Jo sich dann vor den Pflock gestürzt, der für Tim bestimmt gewesen war. Jo-Jos Opfer hatte Tim gerettet, aber die Eule war dabei umgekommen. Als er wieder zu Hause gelandet war – nachdem die Trenchcoat-Brigade ihn verlassen hatte, weil Tim ihnen erklärte, er wolle in seinem Leben keine Magie – und frustriert und enttäuscht und allein in seinem Zimmer gesessen hatte, war es ihm irgendwie gelungen, sein Jo-Jo-Spielzeug wieder in einen Vogel zu verwandeln. *Wie habe ich das nur gemacht?*, fragte er sich seitdem.

Aber der Vogel war weggeflogen. Und er vermisste ihn.

Auf einmal bemerkte Tim aus den Augenwinkeln eine Bewegung über sich. Er schaute blinzelnd nach oben und erblickte einen großen Vogel, der über ihm kreiste.

„Jo-Jo?"

Genau in diesem Augenblick krachte ihm etwas gegen den Fuß. Sofort sah er nach unten. Der Fußball lag neben ihm. „Ui", sagte Tim. „Irgendwie sollte ich wohl was damit anfangen."

„Mist!", rief er dann, als er sah, wie die gegnerische

Mannschaft auf ihn zugerannt kam. *O nein!* Auch Jungs aus der eigenen Mannschaft näherten sich ihm.

Tim wollte den Ball wegtreten, aber der war inzwischen schon außer Reichweite gerollt.

Uff! Der kräftige Junge, der im Literaturkurs drei Reihen vor Tim saß, krachte in ihn hinein. Tim schlug längelang hin, und sein Gesicht wurde in den Dreck gedrückt, weil sich drei weitere Jungen auf ihn stürzten. Dann hörte er einen Schrei. „Saunders hat den Ball!" Alle rannten weiter, und Tim blieb zerschlagen und gedemütigt auf dem Rasen liegen. Langsam setzte er sich auf und tastete um sich, bis er seine Brille wieder fand. Zum Glück war sie nicht zerbrochen. Die Rippen taten ihm an der Stelle weh, wo sie jemand mit dem Knie erwischt hatte. Er kam sich vor wie zertrampelt. Als er aufstand, fühlte er sich noch schlimmer: Er sah, dass Molly stehen geblieben und Zeugin des Fiaskos geworden war.

„Na wunderbar", murmelte er. „Einfach Klasse." Er trabte los. Er hatte eigentlich vorgehabt, den anderen entgegenzustürmen, weil er beweisen wollte, dass er kein völliger Schlappschwanz war. Aber stattdessen rannte er um das Spielerknäuel herum und einfach weiter! Immer schneller werdend rannte er vom Schulsportplatz.

„Hunter!", hörte er hinter sich Michelson, den Sportlehrer, schreien. „Hunter! Was bildest du dir ein, einfach zu verschwinden?"

Tim beachtete ihn nicht, beachtete gar nichts mehr. Die Welt verschwamm vor seinen Augen, während seine Füße über das Pflaster droschen.

Was ist nur mit mir los?, fragte er sich. *Ich bin so ein Loser!*

Wie soll das gehen, der mächtige Magier zu sein, hinter dem das ganze Universum her ist, wenn ich mich noch nicht mal auf einem verdammten Sportplatz behaupten kann? Kein Wunder, dass Jo-Jo mich verlassen hat.

Bei jedem Schritt spürte er seine Prellungen, aber es fühlte sich auch gut an, so als schlüge er auf einen unsichtbaren Feind ein – und dieser Feind war die eigene Verwirrung. Er fühlte sich, als würde er gleich aus der Haut platzen.

Diese Veränderung, dieses magische Ereignis, war eine große Sache. Zu groß, um einfach still dazusitzen, zu groß, um dummen Fußball zu spielen, zu groß, um es irgendwem erklären zu können. Nicht einmal Molly.

Seine Atemzüge kamen nun stoßweise. Er konnte aber nicht langsamer werden, konnte nicht aufhören zu laufen. Die ganze Brust tat ihm weh, aber er rannte einfach weiter. Dieser Schmerz war *echt* – er ließ sich erklären. Nicht so wie dieses magische Zeug. Wenn man schnell lief, musste man schwer atmen. Das war logisch. Inzwischen nahmen seine Gedanken den Rhythmus der Füße auf. Feenköniginnen? Magische Schlüssel? Vergangene Welten? Tim blieb stehen, hielt sich an einem Laternenpfahl fest und beugte sich nach Luft schnappend vornüber. *Wie konnte mir so etwas widerfahren? Wie konnte so etwas überhaupt irgendwem widerfahren?*

Er rutschte nach unten und blieb gegen den Laternenpfahl gelehnt auf dem Pflaster sitzen. Der Schweiß strömte ihm übers Gesicht. Ihm war klar, dass es ihm bald kalt werden würde, wenn er hier so verschwitzt in der kalten Dezemberluft herumhockte, aber das war ihm egal.

Niemand würde mir glauben. Nicht einmal Molly. Außerdem

will ich nicht, das Molly mich für total bekloppt hält. Ich darf ihre Freundschaft nicht verlieren, ich brauche sie. Und mit einem total Bekloppten würde sie bestimmt nicht befreundet bleiben wollen. *Na ja,* dachte er und stand wieder auf, *sie würde es wahrscheinlich doch tun. Molly würde niemanden nur deshalb fallen lassen, weil der reif für die Klapse war.* Aber Tim wollte andererseits auch keine Freundin, die sich nur deshalb etwas aus ihm machte, weil er ihr Leid tat. Er wollte sich jemandem anvertrauen. Aber wie sollte er jemandem von einem Vorkommnis erzählen, für das ihm die Worte fehlten?

Tim drehte sich nach allen Seiten, um die Orientierung wiederzufinden, und musste dann lachen. Er war in Richtung Zuhause gerannt! Er hatte den langen Weg genommen, den an den mit Brettern vernagelten Ladengeschäften und hinter dem Parkhaus vorbei. Das hatte den üblichen Weg um etwa fünfzehn Straßenzüge verlängert, aber nun waren es nur noch ein paar Querstraßen bis zur Ravenknoll-Siedlung. Er konnte also genauso gut gleich ganz nach Hause gehen.

Wenn er ihr von der Sache erzählte, würde Molly vielleicht annehmen, dass es nur ein Traum gewesen war, dachte Tim, während er sich langsam auf die Haustür zuschleppte. Es fiel ihm ja selbst schwer zu glauben, dass es kein Traum war. Er war in die Zeit von König Artus gereist und hatte Merlin kennen gelernt. Er war mit John Constantine nach Amerika „geflogen", von einer Sekunde auf die andere einfach übergewechselt. *Klaro klingt das alles wie ein Traum.*

Er hielt inne. *Nur dass es kein Traum gewesen ist.*

Tim schlurfte zur Tür, und da fiel ihm siedend heiß ein, dass seine Schlüssel ja in der Jacke waren, die im Spind in der Schule hing.

Echt toll. Er würde sich nicht in der Hoffnung, dass sein abgelenkter, Trübsal blasender Vater es nicht mitbekam, einfach so hineinschleichen können. Er würde es erklären müssen. Ach, egal, der Tag war ohnehin schon verdorben. Warum da nicht noch einen draufsetzen?

Er klopfte. Der Fernseher war aus dem Wohnzimmer zu hören, dann sah er, wie sich der Vorhang hinter dem Fenster, das nach vorn hinausging, bewegte.

Schließlich öffnete sein Vater die Tür. „Tim?"

Vater und Sohn blickten einander an. Tim sah das fleischige Gesicht seines Dads, sein schütter werdendes Haar, den Bauch, über den sich die Strickjacke spannte, den fehlenden Knopf. Tim fragte sich, was sein Dad sah, wenn er ihn anschaute. Er nahm an, dass er momentan wie ein Wrack aussah; zumindest *fühlte* er sich wie ein Wrack.

Oh-oh. Als er näher hinschaute, erkannte Tim, dass sein Dad heute ausnahmsweise hundertprozentig bei der Sache war. Die Anzeichen waren zwar schwach, aber dennoch wahrnehmbar.

Der Autounfall, bei dem Tims Mutter umgekommen war, hatte seinen Vater einen Arm gekostet. Heute war der leere Ärmel des grauen Pullovers ordentlich hochgesteckt. An den meisten Tagen – den schlechten – ließ Mr. Hunter den leeren Ärmel einfach nur herabbaumeln, immer vorausgesetzt, dass er sich überhaupt anzog. An diesen Tagen achtete er erheblich weniger auf Tim und rief nur nach ihm, wenn er sich unbedingt mit ihm einen alten

Schwarzweißfilm im Fernsehen anschauen sollte, oder er fragte lediglich zerstreut, wie es in der Schule gewesen sei, selbst am Wochenende. An solchen Tagen konnte Tim immer mit allem durchkommen.

„Hast du schon wieder den Schlüssel verloren? Ehrlich, Junge, Gott sei Dank ist dein Kopf angewachsen."

Tim drängte sich an ihm vorbei ins Haus. Sein Vater drehte sich in der Tür um und starrte ihn an.

„Tim, was machst du eigentlich um diese Zeit zu Hause? Und wo sind deine Schulsachen?" Er folgte Tim. „Was ist los mit dir, Junge? Hast du dich geprügelt?"

Tim antwortete nicht, sondern schlurfte nur die Treppe zu seinem Zimmer hinauf, schloss die Tür und legte sich mit dem Gesicht voraus aufs Bett.

Ihm tat jeder einzelne Muskel weh. Die Jungs hatten ziemlich auf ihm herumgetrampelt. Wie konnte man so etwas nur als Schulunterricht betrachten?

Unten klingelte das Telefon, und Tim hörte, wie sein Vater dranging. *Gut.* Das bedeutete, dass er ihn noch ein bisschen länger in Ruhe lassen würde.

„Ja?", sagte Mr. Hunter. Es folgte ein langes Schweigen, und als er wieder sprach, klang seine Stimme ziemlich gereizt. „Tatsächlich? Ich würde an Ihrer Stelle nicht einen solchen Ton anschlagen. Falls hier jemand der Vernachlässigung bezichtigt werden sollte, dann ist das Ihr Sportlehrer."

Dachte ich wirklich gerade, dieser Anruf wäre etwas Gutes? Jetzt kriege ich ganz bestimmt Ärger. Tim stand auf und ging zur Tür. Er öffnete sie einen Spaltbreit, damit er besser hören konnte, was sein Vater sagte. Das erwies sich aber als nicht sonderlich schwer, weil sein Vater in gleichem Maß lauter wurde, wie er zorniger wurde.

„Ach nein?“, sagte Mr. Hunter. „Wie würden Sie es denn nennen, dass mein Junge mit einer aufgeplatzten Lippe hier hereingehinkt kommt? Er bemüht sich, tapfer zu sein, aber ich glaube, er hat die eine oder andere Rippe gebrochen. Wie's der Zufall so will, wollte ich ihn gerade zum Röntgen bringen.“

Tim runzelte die Stirn. Sein Vater verteidigte ihn gegenüber der Schule?!

„Schön“, blaffte Mr. Hunter. „Nur, damit wir uns darüber einig sind: Mein Tim ist nicht unverbesserlich. Auf Wiederhören.“

Tim hörte, wie sein Vater den Hörer auf die Gabel knallte und anschließend das Knarren der Stufen. Schnell schnappte er sich ein Buch vom Schreibtisch, setzte sich aufs Bett, schlug das Buch auf und tat sein Bestes, „nicht unverbesserlich“ auszusehen.

„Hallo?“ Mr. Hunter lugte ins Zimmer und kam dann herein. Er schien sich unbehaglich zu fühlen. Unsicher.

Tim hatte keinen Schimmer, was da jetzt auf ihn zukam, also wusste er auch nicht, wie er sich genau verhalten sollte. „Hallo“, erwiderte er.

„Tja, ich dachte nur, ich sollte mal …“ Mr. Hunter sah sich überrascht in Tims Zimmer um. „Was ist denn das da alles? Keine Skateboardhelden mehr an den Wänden? Nur noch lauter Eulen?“

„Ich mag halt Eulen. Tut doch jeder.“

Mr. Hunter setzte sich auf den Bettrand. „Äh … schöner Tag draußen, was?“

Das ist ja ein klasse Gesprächsstoff, dachte Tim. „Ja. So ziemlich wie gestern. Eigentlich sogar fast genau wie gestern."

„Was ich sagen wollte: Wo es doch so schön ist, wieso gehst du da nicht raus an die frische Luft zum Spielen?"

„Spielen?" Tim glotzte seinen Dad an. Er schien besorgt und beunruhigt zu sein – zwei Dinge, die für seinen Vater selten waren. Selbstversunkene Melancholie war mehr Mr. Hunters Stil.

„Du siehst in der letzten Zeit ein bisschen kränklich aus."

„Kränklich?" *Wer ist dieser fremde Mann,* fragte sich Tim. *Was haben die mit meinem Vater gemacht?*

„Wirklich, Tim, du wirst noch zum echten Stubenhocker. Denk bloß nicht, dass mir das nicht aufgefallen ist."

Dad hat Notiz von mir genommen? Das ist aber mal wirklich was Neues. In all seiner Überraschung fand Tim jedoch, dass diese klitzekleine Aufmerksamkeit ein bisschen zu spät kam. „Aber …"

„Kein Aber", sagte sein Dad und stand auf. „Du ziehst dich an, gehst raus und hast ein bisschen Spaß. Nimm dein Skateboard oder spiel Ball oder so was."

„Also gut, dann gehe ich eben zum Herumtollen raus", sagte Tim. „Aber ich kann mich allein anziehen. Falls es dich nicht stört. Ich kann das wirklich. Ich kann mir sogar schon selbst die Schuhe zubinden und so."

„Ach, Tim." Mr. Hunter seufzte und verzog sich dann. Tim schlüpfte in frische Jeans und streifte sich ein langärmliges T-Shirt und einen Pullover über. Schließlich packte er seine Ersatzjacke und verließ das Haus.

„Wieso gehst du nicht raus an die frische Luft zum

Spielen?", wiederholte er die dämliche Empfehlung seines Vaters. Als würde eine Runde Fangen spielen seine Probleme lösen!

Glaubt er denn, dass ich noch ein kleines Kind bin und nur ein bisschen frische Luft brauche, um auf andere Gedanken zu kommen?

Tim trat eine leere Getränkedose in den Rinnstein. *Ausgerechnet er nennt mich einen Stubenhocker? Der hat gut reden. Wahrscheinlich hat nur jemand, der selbst den ganzen Tag vor dem Fernseher hockt, genug Zeit, auf so was zu kommen. Irgendwie,* dachte Tim, bückte sich und griff nach einem abgebrochenen Zweig, *sollte Dad über mein einsiedlerisches Dasein doch froh sein.* Tim zog den Zweig über den kaputten Maschendrahtzaun, der ein brachliegendes Grundstück umgab. *Der Apfel fällt nicht weit vom Stamm und so.*

Er schleuderte den Zweig weg. *Vielleicht sollte ich ja wirklich mit Molly reden. Abchecken, was sie denkt.* Wenn er ihr alles sehr behutsam beibrachte, würde Molly ihn vielleicht doch nicht für total bekloppt halten. Irgendwie würde er sich besser fühlen, wenn er mit jemandem über diese Dinge sprechen konnte. *Molly ist außerdem die Allerbeste, wenn es darum geht, ein Geheimnis für sich zu behalten. Trotzdem …*

Als er den Rand des Parks erreichte, hatte er immer noch keine Entscheidung gefällt.

„Menschenkind", hörte er plötzlich hinter sich eine Stimme. Er drehte sich um und erblickte einen untersetzten Mann in einem langen dunklen Mantel und mit einem breitkrempigen Hut, den er sich tief ins Gesicht gezogen hatte. Die Augen in dem breiten, schlaffen Gesicht lagen irgendwie zu weit auseinander. Tim musste sofort an die

Trenchcoat-Brigade denken und fragte sich, ob jetzt wieder alles von vorn losging.

Der seltsame Mann zeigte zum Himmel. „Sieh mal, da oben."

Neugierig sah Tim nach oben. Ein großer Vogel kreiste über ihm – wie der, den er vom Sportplatz aus gesehen hatte. Das Tier flatterte schnell davon und verschwand hinter einem Gebäude. „Jo-Jo", murmelte Tim.

Jemand, der hinter ihm aufgetaucht sein musste, sagte: „Nein, nicht Jo-Jo."

Tim drehte sich schnell zur Seite und spurtete los. Er wusste plötzlich ganz sicher, dass die Person hinter ihm in packen wollte und der dicke Mann vor ihm ihn nur hatte ablenken sollen. *Ohne mich!*

Tim rannte in den Park hinein. Gleich darauf hatte er dichtes Unterholz erreicht, sprang dort über dicke Wurzeln und duckte sich unter abgestorbenen Ästen hindurch. Der Boden war mit Laub bedeckt, und Tim konnte das Rascheln hinter sich hören, während die beiden ihm folgten.

Er legte noch einen Zahn zu. Er ließ die Beine sogar so schnell ausgreifen, dass er das Netz, das zwischen zwei Büsche gespannt war, erst bemerkte, als er sich darin verfing.

„Uff!", entfuhr es ihm, als das Netz ihm den Bauch einschnürte. Zwei kräftige Männer mit Mantel und Hut hielten die Enden des starken Netzes. Kurz bevor er Kopf voraus auf den Boden knallte, packte ihn eine kräftige Hand am Schopf und riss ihn nach oben. Tim schluckte. Er spürte eine kalte Messerklinge an der Kehle.

„Wenn du weißt, was gut für dich ist, bist du jetzt schön still", sagte jemand mit tiefer Stimme.

Kein Problem, dachte Tim. Er hatte eine solche Angst, dass er ohnehin kein Wort herausgebracht hätte.

Die Männer, die das Netz hielten, schienen über das Auftauchen des Mannes mit dem Messer überrascht zu sein. „Was machst du denn hier?", fragte einer von ihnen.

Was geht hier vor? Arbeiten die Typen denn nicht zusammen? Tim strengte sich an, sich nicht zu bewegen. Selbst das kleinste Zucken bewirkte, dass der Mann ihm das Messer fester an die Kehle drückte, und das wollte er unter allen Umständen vermeiden.

„Bist du als Kindermädchen hier?", fragte der Mann, der das Netz auf der anderen Seite hielt. Er schien verärgert zu sein. „Glaubt die etwa, wir würden damit nicht allein zurechtkommen?"

Der Mann, der Tim von hinten hielt, beachtete die beiden nicht, sondern widmete seine ganze Aufmerksamkeit Tim. „Ich werde dich loslassen, wenn du mir dein Wort gibst, dass du nicht wegrennst."

„In Ordnung", würgte Tim heraus. „Versprochen."

„Schwör es bei deinem Namen", verlangte der Mann.

Na, das ist natürlich eine ganz andere Sache, dachte Tim. *Ich werde diesem Kerl doch nicht meinen Namen verraten. Ich habe aus meinen Fehlern gelernt.* „Nein", erwiderte Tim. Er wand sich ein bisschen und wartete die Reaktion des Mannes ab.

Ein widerwilliges Lächeln zuckte über dessen hagere Züge. „Also gut. Ich sehe, du weißt, wie viel Namen bedeuten."

Der Mann senkte das Messer, hielt Tim aber weiterhin gut fest. Unnachgiebig band er Tims Handgelenke mit dünnen Lederstreifen zusammen. Danach zog er ihm eine Kapuze über den Kopf. Tim spürte, wie der Mann ihn sich auf die Schultern hievte, als wäre er nichts weiter als ein etwas überfüllter Rucksack.

„He!", rief Tim, aber sein Protest wurde von der Kapuze geschluckt.

„Ihr beide geht jetzt nach Hause", hörte er seinen Entführer dann zu den anderen sagen.

„Sie wird wütend sein, wenn wir ohne ihn zurückkommen", sagte einer der beiden aufgebracht.

„Sie ist nicht hier. Ich aber schon", sagte der Mann. „Und jetzt nicht mehr!"

Mit dieser Bemerkung schien die Welt sich in Luft aufzulösen. Tim spürte so etwas wie das Sausen von Fahrtwind, während sein Entführer sie irgendwohin verfrachtete.

Dieses Sausen kannte Tim schon von seinen früheren Reisen durch Zeit und Raum. Es konnte nur eines bedeuten: Der Entführer war ein Magier!

Kapitel zwei

Tim wurde immer heißer. Die Kapuze, die man ihm über den Kopf gezogen hatte, saß eng und war ziemlich warm. Sein T-Shirt klebte bereits an seinem verschwitzten Oberkörper. Er hatte immerhin nicht das schwindelige und kotzerige Gefühl, das ihn beim ersten Mal überkommen hatte, als man ihn auf magische Weise von einer Ebene der Wirklichkeit zur anderen transportiert hatte.

Wahrscheinlich gewöhne ich mich daran, dachte Tim. *Ich bin jetzt schon ein alter Hase in Sachen magische Reisen. Vielleicht sollte ich ja Astral-Reiseführer werden – Kreuzfahrtdirektor für magische Touren.*

Er merkte, wie man ihn auf den Boden stellte.

„Halt still“, befahl man ihm. Tim gehorchte – was sollte er sonst auch schon groß tun? Die Kapuze wurde grob herabgezogen.

„Au!“, rief er. Die Kapuze hatte seine Brille mitgerissen und ihn dabei gekratzt. Er blinzelte in die heiße Sonne, dann sah er sich auf dem steinigen Boden nach der Brille um. Er konnte es nicht ausstehen, sich so hilflos zu fühlen.

Eine große behandschuhte Hand erschien unter seiner Nase und hielt ihm die Brille hin. Tim blinzelte zu seinem Entführer auf.

Er war sich nicht sicher, ob der Mann ihm die Brille geben wollte oder nicht.

„Was fehlt deinen Augen?“, fragte der Mann.

„Was geht Sie das an?“, fauchte Tim zurück.

Der Mann zog die Hand weg. Er würde Tim die Brille wohl nicht geben, wenn er keine Antwort bekam.

„Also gut“, murrte Tim. „Ich bin kurzsichtig.“

Der Mann drehte die Brille hin und her und spähte hindurch. „Aha. Und du brauchst das hier, um in die Ferne sehen zu können?“

Hat der Typ denn noch nie eine Brille gesehen? Lebt der hinterm Mond? „Ja. Kann ich sie jetzt bitte zurückhaben?“

Der Mann nickte und streckte ihm die Brille wieder hin. Tim griff ungeschickt danach, weil seine Handgelenke immer noch zusammengebunden waren. Er setzte sie auf und nahm den Fremden anschließend in Augenschein.

Der Mann war hoch gewachsen, und seinem Gesicht war deutlich anzusehen, dass er viel Zeit draußen verbrachte. Sein langes, glattes Haar war ein bisschen heller als das von Tim, aber die Augen hatten den gleichen Braunton. Er trug einen langen Ledermantel, hohe Lederstiefel und einen einzelnen Handschuh. Sein Hemd und die Hosen waren aus einem weichen Material, das Tim noch nie gesehen hatte. Sie waren in jenem Lilaton gehalten, wie man ihn im Zwielicht der Abenddämmerung sehen konnte. Ein großer, glatt geschliffener Stein hing an einer Lederschnur, die er um den Hals trug.

Er setzte sich auf einen Felsblock und schien Tim so interessiert zu betrachten wie dieser ihn. Tim fragte sich, wie er bei der Betrachtung wohl wegkam. Jetzt so forschend angesehen zu werden war irgendwie sogar schlimmer als die Entführung selbst. Tim fühlte sich so, als säße er in einer Prüfung – und ohne zu wissen, in welchem Fach.

Der Mann beugte sich vor und hielt das gebogene Jagdmesser hoch, das er kurz zuvor noch an Tims Kehle gedrückt hatte. „Streck die Hände aus", sage er.

Tim zögerte. Das Messer sah schrecklich scharf aus.

Der Mann schaute Tim immer noch an und hielt sich dabei völlig reglos, so als könnte jede plötzliche Bewegung den Jungen zur Flucht veranlassen. Schließlich nickte er, wie wenn er „Alles paletti, Kumpel" sagen wollte, und bedeutete Tim mit der behandschuhten Hand, näher zu kommen.

Tim streckte die Arme aus, worauf der Mann die Fesseln durchschnitt. Tim rieb sich die wunden Handgelenke. Solche Lederfesseln konnten ganz schön einschnüren!

Der Mann warf das Messer zu Boden, stand auf und tigerte hin und her. Nun, da Tim sich weniger verwundbar fühlte und sein Entführer weiter weg und offensichtlich unbewaffnet war, traute er sich, die Gegend zu begutachten. Sie schienen sich in einer weitläufigen Wüste zu befinden. Nirgendwo war Grün zu sehen. Es gab nur Dreck, Steppenläufer, Felsen und Steine unter einem ausgebleichten Himmel. Tim und dieser Mann waren vermutlich meilenweit die einzigen Lebewesen; in dieser trostlosen Landschaft konnte nichts überleben.

Schließlich ergriff der Mann wieder das Wort. „Du darfst mir drei Fragen stellen. So lautet die Regel."

Tim zog die Brauen hoch. Sie befanden sich also an einem

Ort, an dem es Regeln gab, und dieser Mann hielt sich daran. Das machte Tim ein wenig Mut, obwohl er nicht wusste, was diese Regeln denn nun besagten.

„Was wollen Sie von mir?" Da. Er hatte die erste Frage gestellt. Sachlich und freiheraus.

„Ich will herausfinden, was in dir steckt", antwortete der Mann.

Hm. Meint er das wörtlich? Meint er Innereien und Blut und so? Oder mehr im übertragenen Sinn? Tim überlegte, ob das Messer vielleicht zu diesem Zweck gedacht war – um ihn wie einen Frosch im Biologieunterricht zu sezieren. Dann kam er zu dem Schluss, dass seine Phantasie trotz all der verrückten Sachen, die er erlebt hatte, anscheinend Überstunden machte. *Dieser Typ hätte sich nicht die Mühe gemacht, mich zu entführen und an diesen Ort zu verfrachten, nur um mich dann aufzuschlitzen.* Nein. Er musste also das andere damit gemeint haben. Was aber nicht weniger verwirrend war.

„Warum?", fragte Tim. *Wieso interessiert es ihn, was für eine Art Mensch ich bin?*

„Sieh dich um, Junge", sagte der Mann streng. „Das Land des Zwielichts ist dir nicht fremd, wie ich weiß. Also, sag es mir. Hast du je außerhalb des Feenreichs solch schöne Haine gesehen oder einen Fluss, der solche Musik säuselt?"

Der Mann kniete sich in einen flachen Graben, und Tim erkannte, dass es einmal ein Bachbett gewesen sein musste – und so, wie es aussah, war der Bach schon vor Jahren ausgetrocknet.

„Das soll das Feenreich sein? Ich glaube Ihnen kein

Wort", schnaubte Tim. „Ich war schon mal im Feenreich, aber dort ist alles grün und hübsch und voller Blüten."

Der Mann lächelte traurig. „So war es einmal. Jetzt ist das nicht mehr so. Nicht hier, wo wir wirklich sehen können."

„Sie haben meine Frage nicht beantwortet", stellte Tim fest.

„Nein?" Der Mann sah ihn spöttisch an.

„Ich habe Sie gefragt, wieso sie herausfinden wollen, was in mir steckt."

Der Mann wandte Tim den Rücken zu und schaute hinaus in die Ödnis. Er klang müde. „Weil dieses Land einmal lebendig war, und ich es gern wieder lebendig machen würde." Er drehte sich wieder zu Tim um. „Und du bist vielleicht der Schlüssel zu seiner Heilung – oder auch nicht."

Bah! Das war nicht gerade die Antwort, die Tim erwartet hatte. Und dieser Typ hatte ihn ganz bestimmt nicht wie die Lösung all seiner Probleme behandelt. „Also entführen und bedrohen Sie mich? Natürlich, das erklärt selbstverständlich alles", sagte er höhnisch.

Heute ist anscheinend Tag der verkehrten Welt, dachte Tim. *Erst spielt Dad den hingebungsvollen Vater, und jetzt behandelt mich der Typ hier mieser als den letzten Feind, obwohl er doch meine Hilfe will.*

Der Mann hatte Tim wieder den Rücken zugekehrt. Das Messer lag immer noch auf dem Boden zwischen ihnen. Tim hatte abermals das ungute Gefühl, dass er geprüft wurde.

„Es bringt nichts, mich wütend zu machen", sagte er. „Ich werde Ihr dummes Messer nicht nehmen."

Der Mann drehte sich mit einem grausamen Ausdruck im Gesicht um. „Willst du etwa hier sterben?“, knurrte er.

Tim sprang urplötzlich vor, um das Messer zu packen, stieß dabei aber mit der Zehe an einen Stein, stolperte und schlug längelang hin. Wütend und gedemütigt kroch er auf das Messer zu, während der Mann immer noch einfach nur dastand und ihn beobachtete.

Tim griff nach dem Messer, starrte es missmutig an und warf es dann weg. „Ich mag keine Prüfungen“, brummte er. Er setzte sich im Schneidersitz hin. „Ich verpatze sie immer.“ *Besonders die Nimm-die-Waffe-solange-du-Gelegenheit-hast-Tests.*

Der Mann hob das Messer auf. „Wenn du eine dritte Frage stellen willst, solltest du das am besten jetzt tun. Es ist an der Zeit.“

Tim wusste genau, was er fragen wollte. Er hatte bei seinem ersten Besuch im Feenreich gelernt, wie wichtig dieser Punkt war. „Wie ist Ihr Name?“

Tim wartete auf die Reaktion des Mannes. Er würde wahrscheinlich wütend werden – man hielt es hierzulande für unhöflich, jemanden nach seinem Namen zu fragen. Stattdessen fragte man: Wie nennt man dich? Es hatte damit zu tun, dass Namen Macht besaßen, wie Tim inzwischen wusste, und den wahren Namen einer Person zu kennen bedeutete, dass man Macht über sie hatte. Der Name verriet einem etwas Wahres über die betreffende Person.

Tim hatte einige Zeit gebraucht, um diese Lektion zu lernen. Obwohl seine Begleiter, die Männer von der Trenchcoat-Brigade, im Lauf ihrer Reisen Tims Namen mehreren

Leuten verraten hatten, was im Nachhinein doch irgendwie verstörend war. Ganz plötzlich schoss ihm etwas durch den Kopf. *Vielleicht ist „Timothy Hunter" gar nicht mein „wahrer" Name. Vielleicht nennt man mich nur so.* Er beschloss, später genauer über diesen Einfall und seine Konsequenzen nachzudenken.

Der Mann schien die Frage abzuwägen und sagte schließlich: „Tamlin."

Tim wandte den Blick nicht von dem zerklüfteten Gesicht das Mannes. *Ob das sein wahrer Name ist?*

„Jetzt kennst du also meinen Namen", sagte Tamlin. „Wirst du mich jetzt mit einem Fluch belegen?"

Interessant. Es muss sein wahrer Name sein.

„Verfluche mich, so lange du willst", sagte Tamlin beinahe so, als wollte er Tim dazu herausfordern. „Du wärst nicht der Erste. Und wirst auch nicht der Letzte sein, wie ich annehme. So ist bei mir der Lauf der Dinge."

Ja, stell dich nur ein bisschen an, dachte Tim. Dieses Gejammer passte nicht zu dem robusten Aussehen des Mannes. „Vergehen Sie immer so in Selbstmitleid? Oder nur, wenn Sie andere terrorisieren?"

Tamlin musterte Tim mit einem scharfen Blick und trat einen Schritt näher an ihn heran. „Würde ein Mann so mit mir sprechen, würde ich ihm Stücke seines Herzens zu fressen geben, bis er daran erstickt."

„Wer's glaubt, wird selig", sagte Tim spöttisch und verdrehte theatralisch die Augen.

Der Mann schlug ihm so schallend ins Gesicht, dass Tims Kopf nach hinten geschleudert wurde.

„Du musst Respekt lernen, Kind", sagte Tamlin.

Tim blinzelte. Er war eher verblüfft, als dass ihm etwas wehtat, aber er würde diesem Mistkerl nicht den Gefallen tun, wie eine Memme zu reagieren. Er zwang sich, eine nichts sagende Miene aufzusetzen.

„Du bist unerschrocken, das muss man dir lassen", sagte Tamlin. Tim konnte die Anerkennung aus der Stimme heraushören. „Und du verfügst über Einsicht. Genug Einsicht jedenfalls, um wissen zu können, dass einige Wahrheiten besser unausgesprochen bleiben." Tamlin lachte. „Behalte deine Einblicke für dich, Junge. Nicht jeder weiß diese Art von Weisheit zu schätzen. Wenn du schon sonst nichts von mir lernst, kann ich dir wenigstens das mit auf den Weg geben."

Tim schwieg und funkelte Tamlin nur verächtlich an. Weil er seiner Stimme nicht so recht über den Weg traute, wollte er lieber nichts sagen.

Tamlin riss auf einmal so fest an dem Amulett, das er um den Hals trug, dass die Lederschnur entzweiging. Dann hielt er es hoch.

Der Stein glitzerte im hellen Licht, aber Tim konnte die Farbe nicht so recht erkennen. Im einen Augenblick schien es Lilablau zu sein, aber aus einem anderen Winkel betrachtet, glitzerte alles silbern; und wieder aus einem anderen war es Dunkelrot.

„Du hast dich gut geschlagen, Timothy Hunter", sagte Tamlin. „Sehr gut sogar. Ich hätte nicht gedacht, dass du das schaffen würdest."

„Na toll!", schnaubte Tim. „Sind sie etwa davon ausgegangen, dass ich die blöde Prüfung nicht bestehen würde?" Er zerbrach sich nicht den Kopf darüber, woher

Tamlin auf einmal wusste, wie man ihn nannte. Diese magischen Leutchen schienen alle immer genau zu wissen, dass man ihn „Timothy Hunter" nannte, als wäre das irgendwo öffentlich angeschlagen worden.

Tamlin beachtete Tims Ausbruch nicht und hielt ihm das Amulett hin. „Das hier gehört jetzt dir. Nimm es."

„Ganz bestimmt nicht", sagte Tim kurzerhand. „Wenn das hier wirklich das Feenreich ist, dann kenne ich die Regeln. Wenn ich von Ihnen ein Geschenk annehme, muss ich das auf eine Weise vergelten, die allein Sie bestimmen. So dumm bin ich bestimmt kein zweites Mal."

Tamlin grinste. „Du lernst wirklich schnell, wie? Nun, ich versichere dir, dass es keine Feentücke ist. Ich bin nicht vom Feenvolk. Du und ich können ohne Auswirkungen Geschenke austauschen."

Tim kniff die Augen zusammen und versuchte herauszufinden, ob Tamlin die Wahrheit sagte.

„Du kennst meinen Namen", sagte Tamlin zur Erinnerung. „Ich schwöre bei meinem Namen, dass ich dir das hier ohne irgendeine Erwartung von Gegenleistung überreiche."

„Also gut."

Tamlin übergab Tim das Amulett. Es war ein schwerer Stein, der sich trotz der glühenden Sonne kühl anfühlte. Im Augenblick hatte er eine golden-bronzene Farbe. „Was ist das?", fragte Tim.

„In deinen Händen? Das weiß ich nicht. Es könnte sein, dass ich den Zorn meiner Königin und vieles mehr auf mich geladen habe, um dir etwas Nichtiges zu geben. Einige Dinge sind das, was man aus ihnen macht."

Tim seufzte. *Warum sprechen an diesen seltsamen Orten alle immer nur in Rätseln?*

„Man hat ihn einen Öffnungsstein genannt", sagte Tamlin. „Was er öffnet, bleibt dir überlassen."

Tim schaute sich diesen Öffnungsstein kurz an. Als er wieder aufblickte, war Tamlin nur noch eine winzige Gestalt in der Ferne. Wie war er so schnell so weit gekommen? Und überhaupt: Warum verschwand er jetzt einfach so?

Tim rappelte sich hoch. „He! He, warten Sie!", rief er. „Wo gehen Sie hin?"

Tamlin wurde immer kleiner. Tim fing an zu laufen. Was sollte er tun, wenn Tamlin ihn hier allein in der Wüste zurückließ?

„Warten Sie! Kommen Sie zurück! Wie soll ich denn jetzt nach Hause kommen?"

Tamlin verschwand hinter einem Felsen. Tim setzte zum Spurt an und rannte um den Brocken herum.

„Sie können mich doch nicht einfach ..." Tamlin war nirgendwo mehr zu sehen. Geblieben waren nur sein langer Mantel, die Stiefel, das Hemd und die Hosen. Tim riss die Augen auf. *Der Typ läuft nackt herum?*

Ihm fiel auf, dass Tamlin auch das Messer und den Handschuh zurückgelassen hatte. *Seltsam.* Ganz gleich, wie angestrengt er sich jedoch umsah, ganz gleich, in welche Richtung er schaute, er sah nichts als leere Landschaft. Das einzige Lebewesen in der Nähe war ein großer Raubvogel, der über ihm kreiste.

Na toll, dachte er. *Allein in der Wüste mit einem Vogel.*

Kapitel drei

Tim ließ sich auf den Felsen sacken und trat gegen einen kleinen Stein. „Verschwunden. Er ist einfach verschwunden“, murmelte er.

Das kapiere ich nicht. Ich habe seine blöde Prüfung doch bestanden. Warum lässt er mich dann hier, wo ich in der Hitze umkommen werde? Ach, das ist wohl noch so eine Prüfung, sagte er sich, *eine größere: Ob ich es schaffe, allein nach Hause zu kommen.*

So ungern Tim es sich selbst gegenüber auch zugab, er wollte diese Prüfung unbedingt bestehen. Er wollte, dass ihn dieser Tamlin respektierte. *Außerdem ist es verdammt heiß hier in der Wüste, und so schlimm der Sportunterricht und die Ravenknoll-Siedlung auch sind, hier möchte ich nicht sterben. Nach allem, was ich vor kurzem durchgemacht habe, wäre das eine ziemlich dämliche Art, sich zu verabschieden.*

Tim überlegte, was er an Einzelheiten aus Abenteuerfilmen, die in der Wüste spielten, alles wusste. *Als Erstes muss eine Kopfbedeckung her. Ich will schließlich keinen Hitzschlag kriegen.*

Er zog den Pullover aus und wickelte ihn sich in einer Art Turban um den Kopf.

Dann sah er sich Tamlins Sachen an, die auf dem Boden

lagen. „Dich hat er also auch zurückgelassen", sagte er zu dem Ledermantel.

Der war bestimmt teuer, dachte Tim. Er hob den Mantel hoch. *Uff.* Der Mantel wog bestimmt eine Tonne. *Also gut, vergiss es, Tim. Dabei hätte man den gut in einem Secondhandladen verscherbeln können, um das Taschengeld aufzubessern.* Auf keinen Fall würde er dieses schwere Kleidungsstück durch die Wüste schleppen.

Die Stiefel waren ihm viel zu groß – also auch nutzlos. Er betrachtete den Lederhandschuh und das Messer und schüttelte dann den Kopf. „Noch so eine verdammte Prüfung." Er beschloss, die Sachen nicht mitzunehmen. Er brauchte keine alten Klamotten.

Schließlich nahm er das Amulett in die Hand, das Tamlin ihm gegeben hatte. „Wo lang?", murmelte er und betrachtete die Umgebung. Der Stein in der Hand wurde warm. Verblüfft fragte Tim sich, ob der Temperaturanstieg von der Körperwärme kam oder ob der Stein irgendwie auf seine Frage antwortete.

Er betrachtete Tamlins große Fußabdrücke im Sand, die an dem Kleiderhaufen aufhörten. Er nahm an, dass sein Heimweg nicht in der Richtung lag, die Tamlin eingeschlagen hatte. Also stellte er sich in die tiefen Abdrücke und ging genau in die Gegenrichtung.

Er schloss die Augen und konzentrierte sich auf den Stein. Er war an einem Ende glatter und runder als am anderen, so wie eine Pfeilspitze, nur dass er nicht flach war. Würde das Ding seine Frage beantworten?

„Wo lang?", fragte er. Diesmal sagte er es so laut, als würde er tatsächlich eine Antwort erwarten.

Wieder wurde der Stein warm. Tim machte einen Schritt nach vorn. Dann drehte er sich nach rechts und lief ein Stück in diese Richtung. Die Temperatur des Steins sank. Sofort kehrte er an die alte Stelle zurück. Erneut wurde der Stein warm.

„Das ist ja wie beim Topfschlagen", sagte Tim. „Warm, wärmer ..." Er hielt den Stein wie einen Kompass vor sich her und machte sich auf den Weg durch die Wüste.

Nichts an seiner Umgebung erinnerte ihn auch nur im Geringsten ans Feenreich. Das Land, das er besucht hatte, war lebendig und schön gewesen, voller Seen, Bäume, Täler und aller Arten von Wesen. Es gab Gerüche und Geräusche und frische, saubere Luft. Hier hingegen ... nichts. Dreck. Staub. Stille. Die einzigen Geräusche waren Tims keuchender Atem und das Knirschen, das er mit den Schuhsohlen auf den Kieseln verursachte. Die einzigen Gerüche waren sein Schweiß und der Geruch von Kies. Die Luft war drückend.

Tim stapfte weiter. Allmählich wurde er durstig, was allerdings mehrere Probleme nach sich zog. Erstens schien es sowieso kein Wasser in der Nähe zu geben. Zweitens, wenn dieser seltsame, traurige Ort tatsächlich das Feenreich war, dann durfte er hier nichts essen oder trinken, auch wenn er eine Quelle finden würde, weil er sonst für immer hier gefangen wäre. Das war eine der unangenehmen Regeln hier. Nur wusste er nicht, wie viel länger er es noch aushalten würde. Die Sonne ging zwar langsam unter, also würde es zumindest abkühlen, aber nun wurde der Wind stärker. Die Brise kühlte den Schweiß auf der Haut rasch ab.

Tim musste stehen bleiben, weil er vor Hunger, Müdigkeit und vielleicht sogar vor Angst zu zittern anfing. Er sank auf die Knie und umklammerte den Stein. *Ich wünschte, ich wäre zu Hause,* dachte er. *Jetzt.*

Und im Nu war er zu Hause.

Kapitel vier

Tamlin kniete nieder, hob eine Hand voll roten Sand auf und ließ ihn durch die Finger rieseln. Er griff nach einem abgestorbenen Ast und steckte ihn in den kleinen Ledersack, den er sich besorgt hatte, nachdem er wieder Menschengestalt angenommen hatte. Diese Zweige waren ein Beweis für das Sterben des Landes. *Ein Beweis, den meine Herrin abstreiten wird,* dachte Tamlin, *so wie sie alles leugnet, was sie verstört.*

Immer noch am Boden hockend, schöpfte er eine weitere Hand voll Sand, ließ ihn diesmal aber in den Sack rieseln. *Aus den Augen, aus dem Sinn, so denkt sie,* dachte er. *Sie sieht nur, was sie will. Und das kann sie so gut, dass das Feenreich für sie immer noch ein fruchtbares, von Naturwundern aller Art erfülltes Paradies ist. Sie kann im wahrsten Sinne des Wortes nicht sehen, was aus dem Land geworden ist.* Tamlin schüttelte den Kopf. Manchmal wünschte er sich, er könnte es ihr gleichtun.

„Falkner!“ Die Stimme erklang hinter ihm.

Tamlin drehte langsam den Kopf um, machte sich aber nicht die Mühe aufzustehen. „Mazaran“, grüßte er den Höfling der Königin. „Ich wusste gar nicht, dass du mit Sterblichen sprichst.“

„Meine Königin wünscht Euch zu sprechen, Falkner. Ich glaube, sie ist wütend auf Euch."

„Wirklich? Sie wird bald noch viel wütender sein."

„Erspart mir Eure Unverschämtheit. Bewegt Euch. Sofort!"

„Einen Augenblick noch."

Auf einmal spürte Tamlin die scharfe Schneide von Mazarans Klinge im Nacken.

„Worauf soll ich warten?", fragte Mazaran.

„Darauf, dass der Wind sich dreht." Tamlin grapschte etwas Sand. „Da!", sagte er und schleuderte Mazaran den Sand gleichzeitig ins Gesicht.

„Aaah!", schrie der Höfling.

Er riss beide Hände zum Gesicht hoch, fiel auf die Knie und blieb dann bäuchlings liegen.

„Hundesohn!", fluchte er. „Ihr habt mich geblendet."

„Das *sehe* ich", sagte Tamlin. „Aber es ist nur Sand, Mazaran. Weine eine Weile, und wenn du damit fertig bist, wirst du nicht blinder sein, als du dein ganzes Leben lang gewesen bist."

Tamlin wandte dem Höfling den Rücken zu.

„Habt Mitleid mit dem Elfenlord", rief er in die leere Landschaft hinaus, „der von einem Häuflein Dreck besiegt wurde."

Er warf den Kopf zurück und breitete die Arme aus. Tamlins Körper schimmerte und wurde kleiner: Arme wurden zu Flügeln, Füße zu Krallen, Federn wuchsen, wo einmal nur Haut gewesen war. Tamlin warf seine Menschengestalt so leicht ab wie die Kleidung – wieder hatte er sich in einen Falken verwandelt.

Mit kräftigen Flügelschlägen stieg er immer höher in den Himmel, während der Höfling schniefend am Boden lag. Die Freiheit des Flugs war erfrischend, und Tamlin wurde dieses Gefühls niemals müde.

Mazaran ist genau wie der ganze Rest des Feenvolks, dachte Tamlin, während er auf das Schloss der Königin zuflog. *Er ist arrogant und verachtet die Sterblichen. Und wie sie alle, so neigt auch er dazu, das Offensichtliche zu übersehen. Bis so ein Taugenichts wie ich es ihm ins Gesicht schleudert.*

Tamlin sah hinter dem nächsten Hügel schon die Türme des Palasts aufragen. Für seine Augen hatten die Hügel ihren grünen Schimmer verloren, aber er wusste, dass die meisten Bewohner des Feenreichs – vielleicht sogar alle – hier nur üppige grüne Grasteppiche und Blumen sahen. Tamlin erkannte die Wahrheit, wo das „Lichte Volk" nur eine Fata Morgana erblickte.

Es ist nun einmal die Art des Lichten Volks, die Wirklichkeit mit einem Zauber zu verschleiern, dachte Tamlin. *Es umhüllt alles, was langweilig oder grau oder fehlerhaft ist, mit schönem Schein – und nun tut es das Gleiche mit dem, was in Wirklichkeit aus dem Land geworden ist.*

Tamlin wusste, dass für das Lichte Volk etwas stets so blieb, wie es gewesen war. Nichts veränderte sich. Die Fähigkeit, die Wirklichkeit zu erkennen und zu verändern, war die Magie der Menschen. *Meine Magie,* dachte Tamlin. Er wusste, dass diese Fähigkeit ihm eines Tages den Tod bringen konnte. Und vielleicht würde es ja schon heute geschehen.

Werde ich dir bieten, wonach du verlangst, Titania?, fragte er sich. *Wird meine Wahrheit dir einen Vorwand liefern, mir für Verrat den Kopf abschlagen zu lassen? Es ist einerlei. Ich tue, was ich tun muss.*

Ach, Titania. Tamlin umkreiste das Palastgelände auf der Suche nach der Königin und hielt dabei den Zweig, den er zuvor gefunden hatte, im Schnabel. *Ich wünschte, es gäbe einen sanfteren Weg, dir den Schlaf aus den Augen zu wischen. Ich habe dir schon zuvor gesagt, dass das Grenzland sich zu verändern beginnt. Inzwischen ist der Verfall noch weiter fortgeschritten, Mylady. Und ich kann nicht länger aus Rücksicht ruhig bleiben.*

Er erspähte Titania, wie sie unten auf der hinteren Terrasse auf einem der dortigen Sofas schlief. Er würde sie jetzt aufwecken, ein und für alle Mal.

Titanias langes Haar war über ein besticktes Kissen ausgebreitet, ihr elegantes Gewand bezaubernd drapiert. Tamlin landete und vollzog die Magie, die ihn wieder in einen Menschen verwandelte. Er nahm den Zweig aus dem Mund in die Hand. „Wacht auf, Titania", sagte er. „Ich habe Euch ein Geschenk gebracht. Etwas, was Ihr nicht oft erhaltet. Die Wahrheit."

Titania schlug die stets wandelbaren Augen auf. Nun waren sie – immer noch schwer vom Schlaf – von einem dunklen Lila. „Du redest irre, Falkner", murmelte sie. „Es langweilt mich."

Mit einem sittsamen Gähnen setzte sie sich auf und lehnte sich dann in die Kissen zurück. „Was ist das für ein Geschenk, von dem du da redest?"

„Die Wahrheit", erklärte Tamlin, „eine Wahrheit, die selbst Ihr nicht mehr verleugnen könnt."

Titania zog missbilligend die Brauen hoch. „Du hast das

Kleid des Falken zu lange getragen, Falkner", sagte sie zänkisch, „und vergessen, wie man angemessen spricht. Und wie man sich klar ausdrückt." Sie zuckte ungeduldig die Achseln. „Ich kann leider weder erkennen, was du meinst, noch sehe ich dein Geschenk."

„Geduld, meine Herrin. Ihr werdet es schon bald sehen." Er hielt Titania den Zweig hin.

„Narr! Hältst du mich für so dumm, dass ich ein Geschenk von dir annehmen würde?"

„Wenn Ihr es nicht haben wollt, dann muss ich Euch zwingen, es anzunehmen", sagte Tamlin. Er warf ihr den Zweig vor die Füße und verwandelte sich dann schneller, als Titania es für möglich gehalten hätte, wieder in einen Falken.

Während sie ihm hinterherblickte, wie er gen Horizont stob, nahm sie eine Veränderung in der Atmosphäre wahr. Etwas geschah. Der Himmel wurde Unheil verkündend dunkel, und die Wolken brodelten.

Glaubt er wirklich, er könnte mich damit beeindrucken?

„Tamlin", rief sie ihm höhnisch nach. „Dafür hast du mich geweckt? Für ein Gewitter? Wenn du nur wüsstest, wie langweilig dich diese verdrießlichen kleinen Schauspielchen erscheinen lassen. Wie berechenbar du geworden bist. Du glaubst wohl …"

Das ist kein richtiges Gewitter, erkannte sie mit wachsendem Entsetzen. Noch während sie auf ihr Königreich hinausschaute, schrumpfte das Land vor ihren Augen, welkte dahin und starb. Das üppige grüne Gras wurde trocken und staubigbraun. Die Bäume in den Hainen, deren Äste sich unter den Früchten gebogen hatten, wurden plötzlich kahl, das Obst verfaulte und verschrumpelte auf dem fleckigen Boden.

Weil ihr aufging, dass die „Wahrheit", die Tamlin ihr dargeboten hatte, von dem Zweig ausgelöst worden war, trat sie heftig danach.

„Ist das dein Geschenk an mich, Liebster?", schrie sie aufgebracht in den dunkler werdenden Himmel hinauf. „Ist das deine Wahrheit? Diese Verheerung?"

Sie sank weinend auf die Knie, umklammerte das Marmorgeländer und lehnte den Kopf dagegen. „Wie konntest du so etwas tun?", jammerte sie. „*Ich* mag dir vielleicht Kummer und Leid gebracht haben, aber das *Land* hat dir nur Frieden gegeben. Ich verstehe dich einfach nicht, Tamlin."

Trotzig warf sie den Kopf zurück.

„Aber eines sollst du wissen", rief sie in den Himmel hinauf. „Der Arm des Feenlands reicht weit. Du wirst keine Zuflucht finden. Du wirst uns verraten, wessentwegen du das Land gemeuchelt ... bevor du stirbst."

Die Stimme der Königin verklang, während Tamlin den beschwerlichen Übergang zwischen den Welten vollzog. Und seine Gedanken drehten sich um Timothy Hunter, während er gleich darauf am grauen Londoner Himmel segelte.

Wenn man ein Kind mit Mut und lebhaftem Geist, ein Kind mit dem Potenzial zur Macht, in ein Gefängnis stecken wollte, dachte Tamlin, *ein Gefängnis, wo das Feuer seines Muts erlischt, die Flügel seines Geistes verkümmern und sein Potenzial nur ein Potenzial bleibt, dann wäre diese Stadt hier wirklich der geeignete Ort dafür.*

Tamlin hatte nichts übrig für Beton, Hochhäuser und Schluchten aus Stahltürmen. Die giftigen Dämpfe, die diese Stadtlandschaft ausspuckte, überzogen seine Flügel mit schwerem, rußigem Dreck, kam es ihm vor.

Er landete auf einem Baum vor dem Fenster zu Timothy Hunters Zimmer und umklammerte den verschneiten Ast mit den Krallen. Die ruckartige Landung ließ einen Schneeschauer zu Boden rieseln. *Aber sei es im Himmel, in der Hölle oder einem der tausend Reiche dazwischen, kein Gefängnis wird ein Erdenkind halten können, dessen Geist nicht schläft,* dachte Tamlin. Er blieb auf dem Ast hocken und beobachtete Timothy Hunter.

Du hast einen schweren Verlust erlitten, Kind, dachte Tamlin. *Aber hast du je wirklichen Hunger, wahren Durst ertragen müssen? So behütet, wie du lebst, was hast du je fürchten müssen? Was hast du je so sehr geliebt, dass du dafür gekämpft hast, ob gewonnen oder verloren? Was kannst du schon von Mut wissen?*

Was bist du, Timothy Hunter, und was muss ich tun, um dich zu wecken?

Kapitel fünf

Tim hatte es unversehrt aus der seltsamen Wüste wieder nach Hause geschafft, und niemandem war auch nur aufgefallen, dass er weg gewesen war. Die Schule war die Schule, Dad war Dad. Nur der Sportlehrer Michelson war ein winziges bisschen netter zu ihm geworden. Das war aber auch das Einzige, was sich verändert hatte. Molly fehlte an dem Tag, als er zurückkam, und obwohl er froh war, ihr nicht unmittelbar nach diesem lächerlichen Schauspiel auf dem Spielfeld zu begegnen, fehlte sie ihm als Gesprächspartnerin.

Nach der Schule saß Tim in seinem Zimmer und schrieb in sein Tagebuch:

Der alte Henderson hat heute in der Schule gesagt, dass niemand weiß, was die Welt zusammenhält. Und dass niemand weiß, warum nicht einfach alles auseinander fällt. Das Seltsamste aber sei, dass das Zeug wirklich auseinander fällt, und zwar deshalb, weil es sich nicht bewegt. Solange diese Moleküle und Atome herumsausen, ist alles bestens. Aber wenn sie damit aufhören – krachbumm! Alles aus.

Der alte Henderson nennt das Entropie.

Vielleicht ist es das, was mit Dad nicht stimmt. Er hat aufgehört sich zu bewegen, als Mama gestorben ist. Und jetzt zerbricht er. Wegen der Entropie.

Ich glaube, am Ende läuft alles auf Liebe und Angst hinaus. Nur dass die Naturwissenschaftler nie über Liebe und Angst reden. Liebe könnte der Stoff sein, der alles in Bewegung hält, sodass die Dinge zusammenbleiben. Die Angst ist es, was sie so erstarrten lässt, dass sie zerfallen. Und manchmal hat man beides in sich, und es zerrt und schiebt einen herum, und dann lacht oder weint man. Dad lacht oder weint, wenn er fernsieht. Darum geht es beim Fernsehen meistens. Dass jemand versucht, einen zum Weinen oder zum Lachen zu bringen.

Tim las den Eintrag noch einmal durch. *Na ja, klingt alles ziemlich bescheuert,* dachte er. Er griff nach dem Stift und fügte hinzu: *Keine Ahnung, was die verdammte Welt zusammenhält. Außer, es ist Magie.*

Er schob das Tagebuch beiseite. Er musste sich bewegen; er war zu ruhelos, um noch länger drinnen zu hocken.

„Ich geh ein bisschen raus“, rief er seinem Dad auf dem Weg zur Haustür zu.

„Aber nicht, bis es ganz spät ist“, erwiderte sein Vater, ohne den Blick vom Fernseher zu wenden. Dad war offenbar wirklich wieder ganz der Alte.

Die Tür fiel hinter Tim ins Schloss, und er machte sich auf Wanderschaft durch das verschneite London. Es war windig und kalt geworden – ganz anders als in der Wüste, in die man ihn gebracht hatte.

Um was ging es da überhaupt?, überlegte Tim. *Und wie bin ich wieder nach Hause gekommen?* Er befingerte das Amulett, das er in der Hosentasche mit sich führte – den Stein, den Tamlin ihm gegeben hatte. *Was hat dieser Kerl damit gemeint, dass ich irgendwie der Schlüssel zur Heilung des Feenreichs sein soll? Wie soll das möglich sein?*

Und wenn ich mich auf magische Weise nach Hause versetzen kann, wieso kann ich dann Jo-Jo nicht zu mir zurückzaubern? Ach, es gibt so vieles, was ich über Magie nicht weiß.

Tim sah einen tiefen Abdruck im Schnee. „Ach, armer Engel", sagte er. „Ich glaube nicht, dass du mit diesen Flügeln weit kommen wirst. Die sind ein bisschen zu kurz zum Fliegen, findest du nicht auch?" Er betrachtete den verkümmerten Engel, den irgendein Kind mit dem Körper hier in den Schnee gewälzt hatte. „Keine Ahnung, wie dich jemand so liegen lassen konnte. So mutiert, wie du aussiehst. Undankbares Volk."

Tim überlegte kurz, ob er sich selbst in den Schnee legen sollte, um dem Engel eine größere Spannweite zu verschaffen, entschied sich dann aber dagegen. Er würde reichlich bekloppt aussehen. Schnee-Engel waren was für kleine Kinder.

Er wanderte weiter. Bald darauf spähte er ins Fenster einer Tierhandlung und schaute sich die traurigen Welpen dort an, die mit großen Augen darum bettelten, dass man sie herausholte. „Tut mir Leid, Jungs", sagte er zu den Welpen. „Dad und ich können kaum auf uns selbst aufpassen. Es hat keinen Sinn, ein Hündchen in so eine Umgebung zu bringen."

Er hörte ein lautes Scheppern hinter sich, und alle Welpen fingen wie hysterisch an zu bellen. Tim drehte sich um und sah einen riesigen Falken auf dem schmiedeeisernen Zaun in der Nähe sitzen.

Tim wich gegen die Schaufensterscheibe zurück. Der große, kräftige Vogel starrte ihn an, ohne zu blinzeln. Tim schauderte, als er ihn wiedererkannte.

„Du", sagte er. „Du bist es, oder? Wo sind deine Messer und Netze und deine fiesen Kumpane? Lauern die auch irgendwo da draußen im Schnee?"

Der Vogel starrte ihn schweigend weiter an.

„Um was geht's diesmal?", fragte Tim. „Noch eine Prüfung? Hau ab und lass mich allein."

Der Vogel flog auf und segelte davon.

Tim sah ihm hinterher und war irgendwie überrascht, dass der Falke seiner Aufforderung nachgekommen war. Auf einmal bereute er es, ihn so rüde weggeschickt zu haben.

Er rannte hinter dem Vogel her. „Du hättest mir wenigstens erzählen können, was du von mir wolltest", rief er zu ihm hinauf.

Tim folgte dem Falken zu einem parkähnlichen Platz mit Bänken und Bäumen und ein wenig schneebedecktem Rasen. Der Vogel kreiste, landete und verwandelte sich dann zu Tims Erstaunen in einen Menschen.

Einen *nackten* Menschen.

Tamlin.

„Sie sind es tatsächlich", rief Tim. Er wurde rot und sah sich um. „Äh ... sich in einen Vogel zu verwandeln ist eine Sache, aber Sie können hier in London nicht einfach nackt herumspazieren. Selbst wenn es nicht so eisig kalt wäre wie jetzt."

„Deshalb sind wir hier. Komm mit."

„Glauben Sie etwa, Sie finden hier im Park was zum Anziehen?", sagte Tim. Alles war plötzlich wieder ausgesprochen seltsam.

Ein paar Schritte entfernt saß ein Obdachloser auf einer Bank, umgeben von Einkaufstüten. Der Mann trug eine abgerissene Khakijacke, an die viele Anstecknadeln und Buttons geheftet waren. Er hatte einen kleinen Ring in der Nase, und sein dichter, voller Bart war grau und weiß. Er hatte sich einen Schal um den kahlen Kopf geschlungen und die nackten Füße in dicke Schichten Zeitungspapier gewickelt. Die Arme hatte er vor der Brust gekreuzt und rieb sie sich, um warm zu werden.

„Guten Morgen, Kenny", grüßte Tamlin den Mann. „Kannst du mir etwas zum Anziehen borgen?"

Dieser Vogelmensch aus dem Feenreich kennt also einen Obdachlosen in London, dachte Tim. *Warum auch nicht?*

„O nein, mein Freund." Kennys Stimme kam rau und heiser, so als wäre er nicht mehr ans Sprechen gewöhnt. „Wo käme ich denn da hin, wenn ich alles einfach so verleihen würde? Es geht immer ums Geschäftemachen. Du warst so lange weg, dass du das offenbar vergessen hast. Die Welt hier saugt einen aus, wenn man das Geschäftliche aus den Augen verliert."

„Wir werden uns schon einigen", antwortete Tamlin.

Kenny wühlte in einer seiner Tüten herum und holte schließlich einen Haufen verknitterter Sachen heraus. Er hielt sie Tamlin hin. „Zieh die Socken nicht an, bevor ich ein paar Schuhe gefunden habe." Kenny machte sich wieder ans Herumkramen. „Du bist ein Stiefeltyp, oder?"

Tim kamen die Taschen nicht so groß vor, dass sie Männerstiefel beherbergen konnten, aber Kenny zog dennoch ein Paar hervor. „Und jetzt sage ich dir, was ich verlange", erklärte er, während der Falkenmann die Stiefel anzog. „Ich hab genug davon, dass es auf mich runterschneit. Ich brauche mal 'ne Pause von diesem Wetter."

„Wende dich an Tim", sagte Tamlin, der sich gerade die Stiefel zuschnürte. „Er ist hier der Magier."

„Wie bitte?", sagte Tim überrascht. „Wollen Sie damit sagen, dass ich was gegen das Wetter unternehmen soll? Ich?"

„Du hast vielleicht von nichts eine Ahnung, Junge, aber deshalb bist du nicht weniger ein Magier."

Tim wurde wütend. Hatte Tamlin da gerade behauptet, er sei dumm? Okay, er hatte selbst erst vor kurzer Zeit darüber nachgedacht, wie wenig er über Magie wusste, aber es war das eine, so etwas über sich selbst zu denken, und etwas ganz anderes, wenn jemand wie Tamlin es sagte.

„Die Magie ist *in* dir", fuhr Tamlin fort. „Und Magie gehorcht der Not. Nicht allein deiner Not. Der von allen."

„Jetzt klingen Sie wie so ein durchgeknallter New-Age-Typ", sagte Tim spöttisch.

„Und du klingst wütend", erwiderte Tamlin. „Warum? Weil ich gesagt habe, du wüsstest nichts? Dann sei eben wütend auf mich, aber sieh dir Kenny doch einmal an." Tamlin legte dem Jungen die Hand auf die Schulter. Tim machte sich auf eine erneute grobe Behandlung gefasst, aber er spürte nur eine starke Hand, die ihn zu dem Obdachlosen herumdrehte. „Kenny ist alt. Du würdest mir nicht glauben, wenn ich dir verraten würde, wie alt."

„Vielleicht doch", murmelte Tim.

„Er mag völlig verrückt sein, aber er ist ein guter Mensch. Und er friert."

Tim sah Kenny an. Nun, da Tamlin ihn darauf hingewiesen hatte, sah er, dass Kenny *wirklich* alt war. Und darüber hinaus klapperte er mit den Zähnen, die Haut war bläulich verfärbt, und er hatte die Schultern beinahe bis zu den Ohren hochgezogen. Der rundliche alte Mann hatte Tamlin gegeben, was dieser brauchte, und alles, was er sich wünschte, war ein bisschen Wärme. Tim hätte ihm gern geholfen. Aber wie?

Er schaute in den Himmel. Es schneite jetzt sogar noch mehr. Er war schön, aber eben kalt. *Seltsam, wie etwas so Hübsches einen so unglücklich machen kann,* dachte Tim. Er konnte spüren, wie sein Haar feucht wurde und auch, dass seine Zehen kribbelten, weil das Schneewasser allmählich in die Schuhe drang. Kenny mit seinen in Zeitung gewickelten Füßen und der dünnen Jacke musste sich wirklich elend fühlen.

Aber was konnte *er* dagegen tun? Das Wetter ändern zu wollen schien ein Ding der Unmöglichkeit zu sein. Tim streckte die Arme aus. „Sehen Sie sich doch überall den Schnee an. Ich kann das nicht!"

Tamlin ließ Tims Schulter los und trat einen Schritt zurück. „Woher willst du wissen, was du kannst oder nicht kannst, ohne es zu versuchen? Wann hast du das letzte Mal etwas versucht, womit du dich vielleicht auch hättest blamieren können?"

Das verblüffte Tim. Worvon redete Tamlin da? Dann erinnerte er sich: Er war vom Sportplatz weggelaufen, weil er sich vor Molly gedemütigt fühlte. Er hatte aus lauter Angst, sich zu blamieren, noch nicht einmal ansatzweise nach dem Ball getreten. Und vor einer kleinen Weile hatte er sich in den Schnee legen und den Abdruck dieses Schnee-Engels vergrößern wollen, aber dann hatte er sich das nicht zugestanden, weil er nicht wie ein kleines Kind wirken wollte. Wie viele andere Dinge mied er, nur weil er Angst hatte, einen Fehler zu machen – oder ausgelacht zu werden?

Wie lange beobachtete Tamlin ihn schon?

Die Worte des Vogelmenschen waren herausfordernd gewesen, aber es war keine grausame Herausforderung. Er verhöhnte Tim nicht. Irgendwie wusste Tim, dass, selbst wenn er einen schauerlichen Fehler beging, Tamlin nicht über ihn lachen, sondern ihn nur ermutigen würde, es noch einmal zu versuchen. Tim spürte, dass Tamlin indirekt versuchte, ihm dabei zu helfen, einen Schritt nach vorn zu machen.

„Okay!", sagte er, schloss die Augen und streckte die Arme weit aus. *Verschwinde, Schnee,* dachte er. Nichts. *Schnee, fort mit dir!* Der Schnee fiel weiterhin. Vorsichtshalber fügte er ein paar kunstvollere Worte hinzu – immerhin ging es hier um Magie: *Weiche Schnee, und hebe dich hinfort! Ich banne dich, Schnee, und schicke dich zurück nach … nach … wo immer du herkommen magst.*

Es hatte keinen Zweck. Der Schnee landete immer noch auf Haar und Gesicht. Geschlagen ließ er die Schultern sinken. Er konnte Tamlin nicht in die Augen sehen, weil er befürchtete, in dessen Blick nur Enttäuschung zu lesen. „Ich – ich habe es versucht", sagte er.

„Ja, das hast du", sagte Tamlin. „Ich konnte spüren, wie sehr du dich angestrengt hast." Tamlins Stimme klang freundlich. Tim spürte die Hand des Mannes am Rücken. „Aber verrate mir eines: Wenn ich dir sagte, dass ich Durst habe, würdest du mir dann einen Fluss herzaubern wollen?"

Tim blickte zu Tamlin auf. „Dumme Frage! Natürlich nicht."

Tamlin lächelte.

Als Tim aufging, was Tamlin damit andeuten wollte, lächelte er zurück. „Aha", sagte er.

Tamlin nickte. „Es ist nicht notwendig, einen Fluss herbeizuschaffen. Nicht, wenn eine Tasse genügen würde. Und jetzt versuch es noch einmal. Ich werde dir helfen."

Tim wollte es unbedingt hinkriegen. Er schaute Kenny an und war unsicher, wie er anfangen sollte.

„Die Schneekristalle fallen überall", sage Tamlin. „Spüre sie."

Tim konzentrierte sich darauf, den Schnee wirklich als all die vereinzelten zarten Flocken zu spüren statt als zusammenhängende Masse feuchter Kälte.

„Sie schweben abwärts, so sanft wie Spitzengewebe aus Eis", sage Tamlin leise.

Nichts passierte. Die Sache war wohl doch zu schwer für ihn. „Die Dinger sind überall", sagte Tim aufgebracht. „Dagegen komme ich nicht an!"

„Nicht überall", verbesserte Tamlin ihn. „Zwischen ihnen ist Raum. Raum windet sich um sie herum, tanzt über und neben und unter ihnen. Nimm diesen Raum. Forme ihn."

Tim spürte, wie sich sein Hände unwillkürlich erhoben, als würde Energie durch ihn hindurchgehen und die Bewegung führen. Er spürte die Luft zwischen den Eiskristallen. Er zwang diese kleinen Zwischenräume, größer zu werden, zog die zarten Spitzengebilde aus gefrorenem Wasser weiter auseinander. Er berührte nicht die Flocken selbst mit seinem Geist, sondern arbeitete an dem Raum dazwischen, genau so, wie Tamlin vorgeschlagen hatte.

Er sah Kenny grinsen. „Das da ist ein guter Junge, Tamlin. Pass gut auf ihn auf."

Tim riss vor Staunen den Mund weit auf. Ringsumher schneite es zwar immer noch, aber auf Kenny fiel kein Schnee mehr. Es war, als bewegte Kenny sich in einer schützenden Blase, die der Schnee nicht durchstoßen konnte.

Aufgeregt wandte Tim sich an Tamlin. „Haben Sie ..."

„Ob ich dir geholfen habe?" Tamlin grinste. „Nein."

„Es – es hat sich angefühlt, als wollte ich einen Knoten binden, nur nicht mit den Händen."

„Das hast du gut gemacht. Sehr gut."

Es fühlte sich großartig an zu hören, wie dieser starke, zurückhaltende Mann das sagte.

„Was du getan hast, hast du mit deiner eigenen Macht getan", versicherte Tamlin ihm. „Dieser Zauber war dein Werk, nicht das meine."

Tim konnte einfach nicht verhindern, dass sich ein breites Grinsen über sein Gesicht ausbreitete. Der Stolz auf seine Leistung ließ seine Haut vor Wärme kribbeln, obwohl es immer noch schneite. *Ich habe es wirklich geschafft,* dachte er. *Unglaublich. Ich habe es getan. Ich habe gezaubert. Ich habe etwas geschehen lassen.*

„Tam“, sagte Kenny. „Wenn du das Zubehör brauchst, nimm es dir.“ Er hielt ihm einen Hut und einen ledernen Handschuh hin. „Es war nicht einfach, das Richtige zu finden“, fügte er hinzu, „aber ich will auch nicht, dass du dich betrogen fühlst.“

Tim wunderte sich. Woher hatte Kenny gewusst, was Tamlin brauchen würde? Wusste er, das Tamlin nackt in London auftauchen würde?

Tamlin sah den Hut an, den Kenny ihm hinhielt, nahm ihn aber nicht. Tim stapfte mit den Füßen, um sich warm zu halten. *Wozu brauchen die so lange?* Es hatte bestimmt nichts damit zu tun, dass Tamlin der Hut nicht gefiel, den Kenny ihm ausgesucht hatte. Er konnte sich nicht vorstellen, dass Tamlin sich über Stilfragen je Gedanken machte.

„Hör auf, die Augenbrauen hochzuziehen, alter Vogel“, schimpfte Kenny. „Das ist genau der richtige Hut für dich. Das ist so sicher wie das Amen in der Kirche. Also nimm ihn und verschwinde von hier. Schleunigst, mein Freund. So schnell du kannst.“

„Ich nehme den Hut und den Handschuh, das ist alles“, sagte Tamlin. „Die Feuerwaffe nicht.“

Feuerwaffe? Tim fuhr herum: Tamlin setzte sich gerade den Hut auf, während Kenny etwas in eine seiner vielen Einkaufstüten zurücksteckte. Wieso sollte Kenny dem Vogelmenschen eine Waffe zustecken wollen?

„W-was ist denn los?“, fragte Tim.

Tamlin trat auf ihn zu, legte ihm einen Arm um die Schultern und führte ihn weg. „Es ist an der Zeit, dass wir gehen."

Tim reckte den Hals, um zu Kenny zurückzuspähen. „Sie haben sich nicht mal von ihm verabschiedet."

„Tim. Komm mit. Sofort."

Oh-oh. Die Trenchcoat-Brigade hatte manchmal auf die gleiche barsche Art mit ihm gesprochen. Das bedeutete für gewöhnlich, dass jemand darauf aus war, ihn umzubringen.

Tamlin schlug ein schnelleres Tempo ein, während Tim rätselte, ob man sie verfolgte – und ob Tamlin ein ganz bestimmtes Ziel hatte.

Bevor er auch nur einen Schritt weiterging, wollte er Antworten. Er blieb ruckartig stehen. „Nur ganz kurz", sagte er. „Sie haben mir immer noch nicht verraten, wieso Sie hierher zurückgekommen sind. Ich will es wissen. Also, was wollen Sie von mir?"

Tamlin blieb stehen, drehte sich um und sah Tim in die Augen. Er machte eine ernste Miene, sagte aber nichts.

„Als ich Ihnen das erste Mal begegnet bin, haben Sie mich entführt und bedroht", fuhr Tim fort. „Sie haben mich in dieser seltsamen Wüste stehen lassen und sind einfach davongeflogen. Und jetzt tauchen Sie hier auf und …"

Tamlin schnitt ihm das Wort ab. „Tim … Hör mir zu. Es ist gefährlich, zu lange am gleichen Ort zu bleiben. Ich habe jetzt nicht die Zeit, dir alles zu erklären. Ich kann dir nur sagen, dass ich gekommen bin, um dich um Hilfe zu bitten."

„Mich? Um Hilfe?" Tim konnte sich nicht vorstellen, was dieser starke, unabhängige Mann von ihm brauchen konnte. „Warum?"

„Weil das Feenreich stirbt."

Tim erinnerte sich daran, dass Tamlin ihm das schon einmal gesagt hatte. Nachdem er ihn entführt und in die Wüste geschleppt hatte, hatte er ihm erzählt, dass das Land am Sterben sei. *Aber wie kann eine ganze Welt sterben?* Das Feenreich war so schön, so voller Leben. *Wenn diese Wüste natürlich wirklich das Feenreich ist, dann ist es aber echt in sehr schlechtem Zustand,* dachte Tim.

Aber selbst wenn das wahr sein sollte …

„Wie kann ich helfen? Ich bin nur ein Junge."

„Du bist viel mehr als das, Kind, und ich glaube, das weißt du auch", sagte Tamlin. Er seufzte. „Aber damit du es wahrhaftig verstehst, wirst du wohl erst alles erfahren müssen."

Endlich, dachte Tim. *Langsam nähern wir uns der Sache.*

„Früher einmal waren meine und deine Welt eins. Das Leben des Lichten Volks und das Leben der Menschen war miteinander verflochten und voneinander abhängig. Bis diese Verbindung durchtrennt wurde. Mauern wurden errichtet. Und deshalb welkt das Feenreich dahin."

Plötzlich erschien ein winziges geflügeltes Geschöpf und flatterte zwischen Tim und Tamlin.

„Du bist wirklich ein Meister der Untertreibung, Tamlin", sagte das Geschöpf. „Das Feenland sieht inzwischen aus wie die Hölle."

Tim machte verdutzt mehrere Schritte rückwärts. Das

Geschöpf hatte die Größe der hübschen kleinen Flatterlinge, die er am Hof von Königin Titania gesehen hatte. Anders als jene war dieser kleine Kerl hier aber keineswegs hübsch zu nennen. Er sah mit seinem zerzausten dunkelroten Haar, den spitzen Ohren und den langen, scharfen Krallenfingern ziemlich wild aus. Die Flügel waren durchscheinend wie die einer Libelle. Die Augen saßen schräg im Gesicht, und der Blick war verschlagen. Er trug einen bunten Lendenschurz und wirkte muskulös, war aber nicht größer als Tamlins Handteller.

„Amadan", sagte Tamlin.

„Leibhaftig." Er verbeugte sich und grinste den Jungen an. Tim lächelte zurück. Irgendwie war Amadan ja doch putzig. Das Geschöpf huschte zu Tim und flatterte dann auf der Stelle, sodass es auf Augenhöhe vor ihm in der Luft schwebte.

„Ich bin ein Narr", sagte Amadan, „ein Hofnarr. Und wenn der Anlass es verlangt, auch ein Bote. Alles, um unsere Herrin zum Lächeln zu bringen, hä, Tamlin?"

Amadan landete auf Tims Schulter und fand sein Gleichgewicht, indem er sich an Tims Ohr festhielt.

„He!", beschwerte sich Tim.

Amadan beachtete den Protest nicht weiter und ließ sich im Halsausschnitt von Tims Jacke nieder. Die scharfen Zehenkrallen des Geschöpfs kitzelten.

„Aber ach, im Augenblick ist unsere allergütigste Königin schwerlich aufzuheitern", sagte Amadan. Tim konnte den Atem des Geschöpfs am Hals spüren. Er war überraschend kalt. „Ich würde zwar nicht behaupten, dass sie sich geradezu nach dir sehnt, Tamlin, aber sie hat deutlich gemacht, dass deine Anwesenheit sie nicht wenig erfreuen würde."

„Tim", sagte Tamlin streng. „Beweg dich nicht. Halt ganz still."

Tim schluckte. Tamlins Besorgnis machte ihm Angst. Er konnte nun spüren, wie ihn der kleine Amadan mit den Krallen zunehmend fester an der Kehle packte. War dem Flatterling eigentlich klar, wie stark er war?

Tamlin hob die Hand zu einer beschwörenden Geste. „Amadan, es ist nicht notwendig, dass du …"

„Du unterbrichst mich", zischte Amadan. „Dergleichen ist einem Boten gegenüber ausgesprochen unhöflich. Auch wenn es dir gegen den Strich geht, Tamlin, ich muss darauf bestehen, dass du mit mir ins Feenreich zurückkommst."

Nun fühlte Tim, wie Amadans Finger länger wurden und sich in rasiermesserscharfe Krallen verwandelten. Für ein so winziges Wesen war er wirklich außerordentlich stark. Er drückte auf Tims Adamsapfel und schürfte dabei gleichzeitig dessen Nackenhaut auf.

„Hör auf!", keuchte Tim.

„Also, Tamlin, wirst du mich nun ins Feenreich begleiten? Du wirst bei Eiche und Esche und Dornbusch schwören, Mylady dort aufzuwarten."

„Er tut mir weh", wisperte Tim. Mehr konnte er nicht hervorbringen. Der Druck auf die Kehle war inzwischen gewaltig.

„Im Falle du dem nicht willfährst", zischte Amadan, „werde ich diesem Jungen etwas sehr Erinnernswertes und Pittoreskes antun."

Tim sah aus den Augenwinkeln zu seinem Entsetzen, wie sich Amadan von einem koboldhaften Elfen in eine hässliche Kreatur mit einer Fratze wie ein Totenschädel und Reihen scharfer Zähne im Maul verwandelte.

„Bitte, er soll aufhören", flehte Tim heiser.

Amadan riss Tim den Kopf zurück, als wollte er ihm mit den spitzen, scharfen Zähnen gleich die Kehle durchbeißen. „Nun?"

„Ich schwöre", sagte Tamlin. „Lass den Jungen unverletzt frei, lass ihn gehen. Und bei Eiche und Dornbusch und Esche, ich werde ins Feenreich zurückkehren und mich deiner Herrin ergeben."

Amadan lachte. „Das dachte ich mir schon." Er flatterte aus der Jacke des Jungen heraus und verharrte dann über dessen Kopf in der Luft.

Tim rieb sich den Hals und schluckte ein paarmal, damit er wieder zu Stimme kam.

„Tim, mach das Beste aus deiner Zeit in dieser Welt", sagte Tamlin traurig. „Vergiss nie, dass im Leben wie in der Magie die Macht in den kleinen Dingen liegt. Und in der Wahrheit."

Tim starrte den Mann an. Das klang wie einer dieser guten Ratschläge, die zum Abschied immer gegeben wurden – so, wie Erwachsene redeten, wenn sie glaubten, dass sie einander nicht mehr wiedersehen würden.

„Wie rührend", höhnte Amadan. „Und nun flugs, Falkner. Wir haben Mylady lange genug warten lassen."

„Leb wohl", sagte Tamlin und legte Tim eine Hand auf die Schulter.

„Moment." Tim packte Tamlin am Arm. „Das, was Sie

da gesagt haben, das haben Sie doch sicher nicht im Ernst gemeint." Tim schluckte. Noch tat ihm das Reden weh. „Sie werden doch bestimmt nicht gevierteilt oder so was, nur weil … nur weil …"

Tamlin sagte nichts darauf. Er verschwand einfach. Unmittelbar aus Tims Griff. Im einen Augenblick war er noch da, und im nächsten hatte er sich in nichts verwandelt und war verschwunden. Ebenso wie Amadan.

Tim ließ sich in den Schnee auf die Knie sinken. „Er hatte Angst, dass Amadan mir wehtun würde", murmelte er. „Und ich habe gewinselt und gebettelt." Scham färbte seine blassen Wangen und schnürte ihm die Kehle fast noch fester zu als Amadans Klauen. „Und nun steckt er in Schwierigkeiten. Er hat gesagt, dass er meine Hilfe braucht. Aber stattdessen habe ich ihn nur noch tiefer reingerissen."

„Mach dir nicht zu viele Sorgen um deinen Vater."

Tim blickte auf und sah, dass Kenny, der Obdachlose, sich über ihn beugte. „Hä?"

„Bis du taub, Kamerad? Ich sagte, dass du dir um deinen Vater keine Sorgen machen sollst. Wo immer es Ärger gab, war er stets mittendrin, und nicht anders wird es auch weitergehen. Liegt eben in der Familie. Aber das solltest du inzwischen ja wissen."

Tim sah den Obdachlosen verwirrt an. „Was hat Dad mit all dem zu tun? Der könnte echte Gefahr noch nicht mal von …" Er hielt inne und merkte, wie Kenny ihn lächelnd anschaute.

„Waren Sie mal – Sie reden nicht von Dad … Wollen Sie mir etwa sagen … wollen Sie etwa behaupten, dass dieser Tamlin …"

Kenny trabte davon, immer noch in der schneefreien Zone, die Tim für ihn geschaffen hatte.

Tim saß völlig verdutzt im Schnee.

„Mein Vater?“

Kapitel sechs

Tim hatte die Schultern gegen die Kälte hochgezogen und stapfte durch die Straßen. Er wusste nicht, wohin er ging, nur dass er sich bewegen musste. Seine Gedanken überschlugen sich mit Höchstgeschwindigkeit.

Wenn dein Dad nicht wirklich dein Dad wäre, hättest du das schon längst selbst herausgefunden, sagte er sich. *Schon mit sechs oder sieben wäre dir das klar gewesen, wenn du nicht völlig bescheuert gewesen bist. Du hättest es einfach gewusst!*

Tim stampfte fest auf und hinterließ tiefe Fußstapfen im Schnee. Es hatte zwar zu schneien aufgehört, aber der Wind war stärker geworden und ließ es bitter kalt werden. Tim spürte nichts davon.

Wenn du niemals daran gezweifelt hast, dass dein Vater wirklich dein Vater ist – und das ist nicht ein einziges Mal in deinem Leben passiert –, dann hat das doch etwas zu bedeuten, oder?

Niemand sah seinen Eltern vollkommen ähnlich. Tim dachte an die Jungen in der Schule. *Bobby Saunders sieht seinem Dad kein bisschen ähnlich. Und Brian Hyde und sein Dad sehen sich auch nicht ähnlich, solange man nicht auf kleine Einzelheiten achtet.*

Kleine Einzelheiten. Hatte Tamlin ihm nicht geraten, auf die kleinen Dinge zu achten?

Vielleicht ist es ja nicht die Haarfarbe, die du von deinem Vater bekommst. Vielleicht ist es die Form deiner Nase, deine Art zu gehen oder allgemein die Haltung. Oder es könnte dein Körpertyp sein. Ob man ein Mesomorph oder ein Endomorph oder dieser andere Morph ist.

Er stand vor einer Tür. Mollys Haustür. Hierhin hatten sein Füße ihn also getragen, während sich bei ihm im Kopf alles wie wild gedreht hatte. Tims Hand streckte sich aus, ohne dass er sie dazu angewiesen hätte, und klingelte.

Er konnte lautes Geschrei und ein Baby hinter der Tür heulen hören, dann Schritte. Er hob den Kopf, sodass er durch das kleine Guckloch in der Tür zu sehen war, und hörte dann, wie die Schlösser entriegelt wurden. Die Tür ging auf.

„He, Tim", grüßte Molly ihn. Sie trug eine blaue Jogginghose und ein weites Sweatshirt. Die Füße waren nackt. Er bemerkte, dass jeder ihrer Zehennägel in einer anderen Farbe lackiert war, so als hätte sie einen Regenbogen malen wollen. „Was machst denn du hier?"

„Was ist der andere Morph, Molly?", fragte Tim.

Sie legte den Kopf zur Seite, und das dunkle Haar fiel ihr über die Schulter. Ohne mit der Wimper zu zucken fragte sie ihn: „Redest du von den Science-Fiction-Filmen, wo der Böse immer in ein anderes Geschöpf morpht?"

„Nein, ich meine, was wir in der Schule gelernt haben. Endomorph, Mesomorph und … und der andere fällt mir nicht ein."

Molly lachte und legte die Hände auf die Hüften. „Timothy Hunter. Du kommst im Schnee zur Abendessenszeit hierher, um mir eine Bio-Frage zu stellen? Hast du den Verstand verloren?"

Tim zog das Kinn an die Brust und starrte seine Turnschuhe an. Er wusste, wie dumm er sich anhörte – regelrecht bescheuert. Am besten machte er sich wieder auf die Socken.

Er spürte Mollys Hand auf der Schulter. „Nein, du hast natürlich nicht den Verstand verloren. Aber irgendwas stimmt nicht mit dir. Das kann ich sehen." Sie wies mit dem Kopf zum Wohnzimmer. „Also, komm rein. Ich kann dich doch schlecht hier draußen in der Kälte stehen und Gedanken über Ektomorphe machen lassen."

Sie trat beiseite, damit er hereinkommen konnte. „Es ist natürlich der Ektomorph." Sie wischte ihm ein paar Schneeflocken von der Schulter. „Komisch, dass du dich nicht daran erinnern kannst, Tim. Der Typ ist nämlich genauso einer wie du. Von Natur aus dünn."

Sie führte ihn durchs Wohnzimmer in die Küche. Mollys Familie war ziemlich groß. Tim war sich nicht sicher, wie viele es waren, weil oft auch Verwandte mit ihren Kindern hier wohnten. Auf einem Hochstuhl saß ein Baby – das war jedenfalls Mollys kleine Schwester Krista. Dann gab es da noch drei schmuddelige Jungen im Alter zwischen zwei und sieben, einen fetten Mann im Unterhemd, der gerade Spaghetti in sich reinschaufelte und dabei Zeitung las, und eine dünne Frau am Herd. Die dünne, traurig aussehende Frau war Mollys Mutter, aber der fette Mann war Tim fremd.

„Mama, Tim ist hier. Können wir oben in meinem Zimmer essen?", fragte Molly.

„Wenn ihr wollt", antwortete Mollys Mutter. Sie schöpfte Spaghetti auf zwei Teller. „Vergesst aber nicht, die Teller nachher wieder nach unten zu bringen." Sie reichte Tim einen Teller. „Schön, dich zu sehen, Timothy." Dann nickte sie zu dem fetten Mann hin. „Das hier ist Mollys Onkel, mein Bruder Patrick."

Der Mann nickte Tim zum Gruß zu, wandte den Blick aber nicht von der Zeitung ab.

„Hallo", sagte Tim.

„Komm schon", drängte Molly. Sie sprang die Treppe zu ihrem Zimmer hinauf. Tim folgte ihr hinein und schloss die Tür.

Molly schüttelte sich. „Verwandte", sagte sie. „Man kann unmöglich mit ihnen leben, aber ohne sie schafft man es gar nicht erst auf die Welt."

„Genau ..." Tim starrte den Teller mit Pasta und Soße an. „Genau." Er fühlte sich innerlich völlig leer, wusste aber, dass das nicht am Hunger lag. Er stellte den Teller auf Mollys unordentlichen Schreibtisch und setzte sich dann mit dem Rücken an ihr ungemachtes Bett gelehnt auf den Boden.

„Tim?" Molly setzte sich neben ihn auf den Boden. „Was ist denn los? Geht es darum, was vorgestern in der Schule passiert ist?"

Tim starrte sie an. „In der Schule?"

„Du weißt schon. Du bist einfach so weggerannt, und Michelson hat dir hinterhergebrüllt. Hast du Ärger bekommen?"

Tim rieb sich übers Gesicht. Diese Fußballgeschichte kam ihm inzwischen weit entfernt und ziemlich unwichtig vor. „'n bisschen schon. Der Direktor hat meinen Dad angerufen. Obwohl …"

„Timothy Hunter. Du erzählst mir jetzt sofort, was mit dir los ist", sagte Molly forsch. „Du bist aus irgendeinem Grund hier, und ich glaube kaum, weil du scharf auf Dosenspaghetti warst."

Tim zog die Knie an und umschlang sie mit den Armen. Wie sollte er anfangen? Wie die Sache auch nur aussprechen? Er konnte spüren, wie Molly auf eine Antwort wartete. Er musste unbedingt mit dieser Geschichte fertig werden, aber es war alles so gewaltig. Noch größer eigentlich als die Sache mit der Magie. Es war zu beängstigend, um allein darüber nachzudenken. Er brauchte Molly, aber um sie dazu zu bringen, dass sie ihm beistand, würde er Wörter hervorbringen müssen, und das schien unglaublich schwer zu sein. Eigentlich unmöglich.

Er schloss die Augen. Vielleicht würde es einfacher sein, wenn er so tat, als spräche er nur mit sich selbst. Manchmal war es mit Molly ähnlich beruhigend, wie wenn er mit sich selbst redete. Sie spiegelte ihn wider, aber mit einer eigenen Ansicht und Meinung. *Versuch es,* sagte er sich. *Wie Tamlin schon gesagt hat, lass dich nicht abhalten, weil du dich blamieren könntest.* Er hatte Angst, dass seine Stimme zittern könnte, dass er schluchzen oder richtig flennen würde. Er hatte Angst, sich zum Narren zu machen, aber er musste es wagen, wenn er zu großen Taten fähig sein wollte.

Nicht, dass das hier so eine großartige Sache ist. Aber es war eine *wichtige* Sache.

„Tim." Mollys Stimme klang sanft, aber beharrlich. „Es wird dir hinterher besser gehen. Das weißt du."

„Ich – ich habe heute herausgefunden …“ Tim räusperte sich und fing noch einmal an. „Ich habe Grund zu glauben, dass mein Vater nicht wirklich mein Vater ist“, rief er.

Er konnte sie nicht ansehen. Er hörte, wie sie überrascht nach Luft schnappte, dann spürte er ihre Hand am Schienbein. „Kein Wunder, dass du so schlecht drauf bist. Das ist echt schlimm.“

Tim sah sie an. „Bin ich wirklich so dumm? Warum habe ich das nicht gemerkt?“

„Wir glauben eben, was unsere Eltern uns erzählen“, sagte Molly. „Alle Kinder tun das. Deshalb fällt es den Erwachsenen ja auch so leicht, uns anzulügen.“

Tim fand, dass sie traurig klang, als sie das sagte, so als hätte es Zeiten gegeben, wo sie ihren Eltern etwas abgenommen hatte, es aber lieber nicht hätte tun sollen.

„Außerdem, welche Hinweise würdest du denn erwarten?“, fragte ihn Molly nun. „Was hätte denn passieren sollen, damit du anfängst, darüber nachzudenken? He, du hast doch erst vor kurzem – na ja, die ganzen anderen Sachen über das Kinderkriegen und so erfahren. Und solange du nichts über die biologischen Zusammenhänge wusstest, wieso hättest du es da infrage stellen sollen?“ Molly lachte. „Also bist du doch wegen einer Bio-Frage hergekommen!“

Tim schüttelte den Kopf, aber er konnte wieder grinsen. „Wahrscheinlich hätte ich mehr pauken sollen.“

„Und was sagt dein Dad zu dem Ganzen?“, fragte Molly.

Tim warf ihr einen Seitenblick zu. „Welcher?“

Molly versetzte seinen Knien einen kleinen Schubs. „Du weißt schon. Der, der dich jeden Abend wegen der Hausaufgaben nervt. Der, über den du dich in einer Tour beschwerst. Diesen Dad meine ich."

„Ach der." Tim legte den Kopf auf die Knie und schloss die Augen. Er wusste nicht, ob er auf seinen Dad wütend sein sollte oder ob der ihm Leid tat. Wusste sein Vater überhaupt, dass er nicht – na ja, nicht sein Vater war? War er selbst jetzt mit einem schrecklichen Geheimnis belastet? Er drehte den Kopf zur Seite und sah Molly aus zusammengekniffenen Augen an. „Ich weiß es nicht."

„Es war nicht er, der es dir gesagt hat?" Molly riss überrascht die dunklen Augen auf. „Wie hast du dann …"

Tim hob abwehrend die Hand. „Lange Geschichte. Frag lieber nicht."

„Woher weißt du dann, dass es stimmt?", fragte Molly.

Tim hob den Kopf und starrte geradeaus. Molly hatte Recht. Wie meistens. Sollte man nicht – wie hieß das in den Krimis immer – unwiderlegbare Beweise haben? Immerhin – wer hatte ihm denn diese erstaunliche Nachricht überbracht? Kenny der Obdachlose. Nicht gerade eine zuverlässige Quelle.

Aber Tim wusste, dass er deshalb so erschüttert war, weil er *spürte,* dass es wahr war. Er hatte gegenüber Tamlin so etwas wie Verwandtschaft, eine Verbindung verspürt, die er nicht beschreiben konnte. Eine Verwandtschaft, die sich dadurch leicht erklären ließe, dass sie tatsächlich verwandt waren.

„Sprich mit deinem Dad", sagte Molly eindringlich. „Nimm nicht einfach jemand anders beim Wort. Es ist besser, offen darüber zu reden. Wenn es im Dunkeln bleibt, fängt es bloß an, in dir zu arbeiten. Du wirst dich besser fühlen, wenn du alles weißt, was es zu wissen gibt."

Tim nickte, weil er wusste, wie Recht sie damit hatte. Behäbig stand er auf und streckte die Beine. Er war lange in der Kälte herumgelaufen und fühlte sich, als wäre er von einer U-Bahn überrollt worden. All seine Muskeln taten ihm weh.

Er grinste Molly traurig an. „Kannst nicht du ihn für mich fragen?"

„Tut mir Leid. Das musst du schon selbst tun."

„Das hatte ich befürchtet."

„Vielleicht ist alles gar nicht so schlecht", sagte Molly.

„Wie bitte?", sagte Tim.

„Also, ich habe mir immer wieder vorgestellt, dass meine Eltern nicht meine wirklichen Eltern sind", sagte Molly und ließ sich auf ihr Bett fallen. Sie legte sich zurück, verschränkte die Arme hinter dem Kopf und schaute mit verträumter Miene zur Decke hinauf. „Ich habe mir vorgestellt, ich wäre die Tochter eines Piraten und einer Forscherin, oder umgekehrt. Manchmal war mein Vater der Pirat, manchmal meine Mutter. Aber sie waren auf jeden Fall viel aufregender als meine wirklichen Eltern. – Und auch netter", fügte sie leise hinzu.

Tim legte die Stirn in Falten. Tamlin war zweifellos eine aufregendere Gestalt als sein Bier trinkender, fernsehender Dad. Allerdings war er nicht unbedingt netter. Tim war sich auch nicht sicher, *was* Tamlin war. Immerhin war der Kerl hin und wieder ein Vogel. *Mal ehrlich, was sagt uns das?*

Molly rollte sich auf die Seite und stützte sich auf den Ellbogen. „Weißt du, am Ende spielt das alles überhaupt keine Rolle."

Verblüfft fragte Tim: „Wie meinst du das?"

„Na ja, am Ende bist du immer noch du, oder? Ganz gleich, wer dein Vater ist."

Tim schüttelte den Kopf, antwortete aber nicht. Sie schien nicht zu verstehen, dass genau das der Punkt war: Wenn er herausfinden konnte, wer wirklich sein Vater war, würde es ihm ein paar Hinweise auf die eigene Identität geben. Oder etwa nicht?

„Vielleicht wird es deinen Dad ja aufwecken, wenn das Geheimnis ans Licht kommt." Molly setzte sich wieder aufrecht hin. „Du weißt schon, die Dinge zwischen euch verändern."

„Davor habe ich irgendwie Angst", sagte Tim. „Es könnte alles verändern. Molly, was, wenn er es wirklich nicht weiß?" Der Gedanke daran bewirkte, dass ihm sein Dad schrecklich Leid tat.

Molly nahm ihn bei den Händen. „Die Wahrheit ist immer das Beste. Vergiss das nicht."

„Ich werde es versuchen." Tim hielt einen Augenblick inne. „Bist du dir sicher, dass du nicht …"

Molly stand auf und schob Tim in Richtung Tür. „Geh schon", sagte sie bestimmt. „Und ruf mich an, sobald du mit ihm gesprochen hast."

Auf dem Weg nach draußen stellte Tim den Teller mit den ungegessenen Spaghetti auf die Spüle. Draußen war es bitterkalt. Er machte sich auf den Heimweg. Je nachdem, in welchem Zustand sich sein Vater – Mr. Hunter –

befand, würde er Ärger bekommen, weil er nicht angerufen hatte.

Vielleicht ist das alles ja nur ein dummer Streich, dachte er, während er nach Hause trabte. Wie sollte das alles wahr sein? Wie konnte Tamlin überhaupt sein Vater sein? *Ehrlich, wie soll das zustande gekommen sein?*

Tim rannte ins Haus und stürzte an seinem Dad und dem Fernseher vorbei schnurstracks ins Schlafzimmer seines Vaters, wo er sich sofort über die Kommodenschubladen hermachte. Er musste unbedingt einen Beweis finden, etwas, was ihm todsicher verriet, wer er war – welcher Herkunft er war.

„Tim, was machst du denn da für ein Durcheinander?", fragte Mr. Hunter von der Tür her. Tim hatte nicht einmal gehört, wie er nach oben gekommen war.

„Ich suche was", sagte Tim und wühlte durch ein paar Schulpapiere und Zeugnisse.

„Und was, wenn ich fragen darf?"

Was suche ich eigentlich? Tim hockte sich auf die Fersen. Er hatte nach einer Bestätigung gesucht – aber irgendwie hatte er sich keine Gedanken gemacht, wie die aussehen sollte. Auf einmal fiel ihm eine Möglichkeit ein. „Bilder von dir. Als du in meinem Alter warst." Vielleicht würde er darauf eine Ähnlichkeit erkennen können. Es war leichter, das festzustellen, wenn er sich mit seinem Vater verglich, bevor der so weichlich und traurig geworden war.

Sein Vater trat ganz ins Zimmer. „Ich habe keine, und wenn, dann wären sie nicht da drin. – Leg das sofort weg!", sagte er plötzlich aufgebracht.

Tim betrachtete das Papier, das er gerade in der Hand hielt. Es schien seinen Dad aus der Fassung zu bringen, also musste es wichtig sein. „Wieso?", sagte er. „Das ist doch nur eure Heiratsurkunde. Die von dir und Mama."

Tim schaute sich die Urkunde näher an. *Warum stört es Dad so sehr, dass ich mir die angucke?* Dann fiel ihm etwas auf, was er nicht verstand. „Hier steht, ihr habt im Januar geheiratet." Er drehte sich zu seinem Dad um. „Aber mein Geburtstag ist im Juni."

„Ja", sagte sein Vater vorsichtig. „Genau."

Tim stand auf. „Ich bin in Bio zwar nicht so gut wie in Mathe, aber hier muss man ja nur eins und eins zusammenzählen. Mama war schon schwanger mit mir, als ihr geheiratet habt." Tim spürte ein Rauschen, als ob ihm alles Blut in den Kopf sauste. In den Ohren dröhnte es, und er glaubte, das Meer rauschen zu hören. Er drehte sich um und schoss aus dem Zimmer.

„Tim, bleib hier!", rief sein Vater ihm hinterher. „Es ist nicht so, wie du denkst. Ich habe deine Mutter geliebt. Ich *wollte* sie sowieso heiraten. Sie war ..."

Tim hörte, wie seinem Vater die Stimme versagte. Das erschreckte ihn so sehr, dass er auf halbem Weg die Treppe hinunter stehen blieb. Er drehte sich um und starrte seinen Vater an. „Mach schon", sagte Tim leise. „Sie war was?"

„Sie war wunderbar. Zu gut für diese Welt, so ist sie mir immer vorgekommen." Mr. Hunter ließ den Kopf hängen. „Zumindest zu gut für mich." Er schaute wieder Tim an und klimperte nervös mit den Schlüsseln in der Hosentasche. Er lächelte verzagt. „Als sie schwanger wurde, war das in meinen Augen ein Glücksfall. Ich bin mir nicht sicher, ob deine Mutter mich geheiratet hätte, wenn sie nicht geglaubt hätte, dass es in dieser Situation das Beste war."

Weiß er es? Tim suchte im Gesicht seines Vaters nach einer Antwort, fand aber keine. *Weiß er, dass ich nicht sein Sohn bin? Hat meine Mutter ihn glauben lassen, dass ich ihr gemeinsames Kind bin, damit er sie heiratet?*

„Ich sehe dir überhaupt nicht ähnlich", sagte er schließlich und wich dem gequälten Blick seines Vaters aus. „Ist dir das jemals aufgefallen?"

Die Entfernung zwischen ihnen – Tim auf halbem Weg die Treppe hinunter und sein Vater oben im Flur – war mit solch brüchiger Stille erfüllt, dass eine falsche Antwort sie jederzeit zerbrechen konnte.

„Ja", flüsterte Mr. Hunter. „Aber das war mir immer unwichtig." Seine Stimme wurde fester. „Es hat mir nie etwas ausgemacht – nie."

Tim verstand, was sein Vater damit sagen wollte, und in gewisser Weise war es eine Erleichterung. Sein Vater war nicht betrogen worden, er hatte die Dinge so akzeptiert, wie sie waren. Aber trotzdem …

Tim war, als ob ihm gleich der Kopf explodieren würde. Das alles warf nur noch weitere Fragen auf. Fragen über Fragen. Er rannte die Treppe wieder hinauf und stürzte an seinem Vater vorbei in sein Zimmer.

Dort ging er auf und ab. *Wenn dein Vater nicht wirklich dein Vater ist und du das nicht merkst, bevor du dreizehn bist, na ja, dann musst du ja wirklich ein verdammter Idiot sein.* Tim ballte die Fäuste und schlug sich auf die Oberschenkel.

Was weiß ich denn jetzt wirklich? Ich weiß nur, dass der Vater, mit dem ich aufgewachsen bin, nicht mein Vater ist.

Er blieb in der Mitte des Zimmers stehen und rieb sich das Gesicht, als würde ihm das beim Denken helfen. Er spürte, wie in all seiner Verwirrung eine gewisse Entschlossenheit aufkeimte. *Also ist es an der Zeit herauszukriegen, wer mein richtiger Vater ist. Was für ein Mensch wäre zu so etwas fähig gewesen? Meine Mutter zu schwängern, um dann einfach aus ihrem Leben wegzulaufen? Und auch aus meinem.*

Tim sackte auf den Schreibtischstuhl. Er griff nach den Gegenständen, die auf dem Schreibtisch lagen – ein Schlüssel, ein paar Münzen, ein Amulett.

Tim nahm den Schlüssel und drehte ihn nach allen Seiten. Titania, die Königin des Feenreichs, hatte ihn ihm gegeben, was ihn aber beinahe seine Freiheit gekostet hätte. In dem Moment, wo Titania ihm plötzlich den Schlüssel zuwarf, hatte Tim völlig die Gefahr vergessen, die darin lag, ein Geschenk vom Feenvolk anzunehmen, und ihn aufgefangen. Wie aufgeregt er gewesen war, als sich herausstellte, dass es ein Schlüssel war, der Türen zu anderen Welten öffnete. Aber dann wurde seine Begeisterung gedämpft, weil man ihm sagte, dass er nach den geltenden Regeln nun als Page der Königin im Feenreich bleiben müsse. Erst als er Titania dann sein Mundanes Ei zum Austausch anbot – ein Geschenk von gleichem oder sogar höherem Wert –, war der Schlüssel ohne weitere nachteilige Bedingungen rechtmäßig in seinen Besitz übergegangen. Er steckte ihn sich in die Tasche. Dann griff er nach dem Amulett.

Vielleicht ist mein Vater ja gar nicht weggelaufen. *Vielleicht ist er* weggeflogen.

Tim hielt das Amulett hoch, das Tamlin ihm gegeben hatte, und starrte es forschend an. Er erinnerte sich an Tamlins Worte. „Not, hast du gesagt", sagte er zu dem Öffnungsstein. „Magie gehorcht der Not. Also gut. Meine Not ist groß genug. Ich muss es sofort wissen!"

Kapitel sieben

Königin Titania wanderte ruhelos im Schlossgarten umher. Sie fühlte sich erschöpft und vor Kummer ganz niedergeschlagen. Der Saum ihres langen lavendelfarbenen Samtkleids schleifte über tote Äste und Blätter, aber sie beachtete es nicht weiter. Was machte das schon aus? Wie konnte so etwas jetzt schon noch groß zählen?

Tamlin hatte sie gezwungen, der Wahrheit ins Gesicht zu sehen: Das Feenreich lag im Sterben. Sie war so unangenehm aus ihrem Schlaf aufgeschreckt worden, als hätte er ihr kaltes Wasser ins Gesicht geschüttet. Wie sehr sie sich wünschte, er hätte das unterlassen! Sie hatte die Verzauberungen vorgezogen, die sie mit nichts als Schönheit umgaben.

Aber die Wahrheit hatte mit Macht Einzug gehalten. Titania konnte nun die zerbröckelnden Steine nicht mehr übersehen, die einstmals eine glanzvolle Treppe gewesen waren, den umgestürzten Baum, die verwelkten Kletterpflanzen. So sehr Titania sich auch anstrengte, sie konnte das Leichentuch nicht von ihrem Land heben und auch die Farbe des Himmels nicht mehr von diesem schlammigen, trüben Grau in das frühere klare und strahlende Blau zurückverwandeln.

Sie blieb an der von Kletterrosen überzogenen Mauer, die ihren Besitz umgab, stehen. Wo es einstmals rosa und scharlachrote Blüten gegeben hatte, hingen jetzt nur noch braune und schwarze verschrumpelte Dinger, die gar nicht mehr als Blüten zu erkennen waren, so als wäre die Lebenskraft aus ihnen herausgesaugt worden. Sie streckte die Hand aus, um die welken Blütenblätter zu streicheln, aber so sanft sie diese auch berührte, es war zu fest für die vertrockneten Hülsen: Sie zerfielen zu Staub.

„O Faerie", jammerte sie. „Du warst mein ein und alles. Wenn Tränen dich wiederbeleben könnten, dann hätten sie es getan – ganze Meere davon habe ich vergossen."

Wieder berührte sie die Kletterrosen. „Aber Tränen werden nichts erreichen." Sie spürte den Stich eines Dorns an ihrer Fingerspitze und schaute auf die Blutströpfchen herab, die nun hervorquollen. „Vielleicht muss ja *Blut* vergossen werden. Für uns."

Sie ging langsam weiter. Zorn verdrängte allmählich ihre Traurigkeit. *Wenn du Blut brauchst, dann sollst du Blut haben,* dachte sie. *Das Blut deines Mörders – das Blut des Mannes, der einmal mein Geliebter war.*

Titania blieb stehen. Sie spürte, wie sich hinter ihr eine Erscheinung formte. Es war an der Zeit, die Sache endgültig zu bereinigen.

„Mylady", sagte Amadan. „Zwei Narren zu Euren Diensten."

Titania drehte sich zu ihnen um. Der unzuverlässige Narr und der Mann, der ihr Untergang gewesen war. Tamlin.

„Ich danke dir, mein Amadan, dass du meinen Auftrag

ausgeführt hast, und das so schnell", sagte sie und wandte sich dann an Tamlin. „Siehst du, welch Werk du angerichtet hast, Falkner?" Sie deutete auf die unfruchtbaren Bäume, das ausgetrocknete Flussbett.

„Ich sehe es."

„Und erfüllt es dich mit Zufriedenheit?"

„Ich war in meinen Leben möglicherweise nur bei ein, zwei Gelegenheiten richtig zufrieden", antwortete Tamlin ruhig. Es ärgerte Titania, dass er so ungerührt blieb. Offenbar konnte sie ihn nicht gegen sich aufbringen.

Tamlin seufzte. „Aber das ist lange her. Damals war das hier ein Paradies, und Ihr wart …"

„Ich bin, was ich immer war", stieß Titania hervor. „Aber du …" Sie verschränkte die Arme, wobei die edelsteinbesetzten Manschetten bei der Berührung klimperten. „Sieh dir dieses Geschöpf an, Amadan", sagte sie verächtlich. „Er war nicht immer so, aber sieh ihn dir jetzt nur an. Lass dich nicht von ihm täuschen. Er ist nicht ein Mensch, der sich daran erfreut, hin und wieder die Flügel eines Falken zu tragen. Er ist ein Falke, der es nützlich findet, so zu tun, als wäre er ein Mensch. Was sagt Ihr dazu, Lord Raubvogel?"

Da. Das sollte ihn jetzt doch wütend machen. Weil sie selbst so litt, wollte sie ihm unbedingt wehtun. Aber warum hatte sie keinen Erfolg damit?

„Ich würde sagen, Ihr maskiert Eure Gedanken mit Worten", erwiderte Tamlin, „ebenso, wie Ihr die Wahrheit dieses Gartens hinter Eurem zauberhaften Blendwerk verborgen habt."

Titanias Augen blitzten nun vor Zorn, aber sie freute

sich, auch in Tamlins braunen Augen ein wütendes Glitzern zu sehen. Er machte einen Schritt auf sie zu.

„Warum pflückt Ihr Euch nicht einen Pfirsich von diesem schönen Baum dort, Mylady?" Er zeigte auf den einzigen Baum im Obstgarten, der noch nicht von Krankheit befallen war. Schon aus Tamlins Ton konnte Titania entnehmen, dass die Früchte reine Illusion waren. „Beißt hinein!", höhnte er.

Jetzt, da sie seine Unerbittlichkeit, seine steinerne Maske durchbrochen hatte, wusste Titania, dass sie ehrlich miteinander sprechen würden. Dafür wollte sie keinen Zeugen. „Amadan, lass uns allein."

Der Flatterling schwebte noch einen Augenblick vor ihr und kniff die Augen zusammen. Titania sah ihm an, dass es ihm nicht gefiel, weggeschickt zu werden. *Er nimmt sich wirklich zu viel heraus. Das kann gefährlich werden.* Sie hatte sich zu lange, zu oft und zu wahllos auf ihn verlassen, besonders seitdem sie und Tamlin einander so fremd geworden waren. „Geh!", sagte sie zu Amadan.

Er verbeugte sich im Flug. „Jawohl, Mylady. Was Mylady recht ist, soll auch mir recht sein."

Am liebsten hätte sie ihn für diese Heuchelei geschlagen. Glaubte er denn, dass sie ihn nicht durchschaute? Aber dieses Problem würde warten müssen; sie hatte zuerst Wichtigeres zu erledigen.

Sie sah Amadan nach, wie er davonflog. Dabei drehte sie Tamlin den Rücken zu; sie wollte nicht, dass er bemerkte, wie verwundbar sie war, und sie traute sich nicht zu, es angemessen zu verbergen. „Warum, Tamlin?", fragte sie und klang dabei jämmerlicher, als sie wollte. „Warum hast du diesen Ort zur Hölle gemacht?" Sie wollte sich ihre verzweifelte Traurigkeit nicht anmerken lassen, was ihr aber nicht recht gelang.

„Mylady, ich bin für diese Verwüstung nicht verantwortlich."

Sie fuhr herum. „Das glaube ich dir nicht."

„Das Land welkt seit Jahrhunderten", schrie Tamlin sie plötzlich wütend an. „Ihr habt es bisher nur nicht gesehen, weil Ihr es nicht sehen wolltet. Ich habe Euch lediglich die Augen geöffnet, mehr nicht."

Er packte sie an den Oberarmen. Die Leidenschaft und der Schmerz in seiner Miene machten ihr Angst. Mit Schrecken überfiel sie die Erkenntnis, dass er von der Zerstörung ebenso niedergeschmettert war wie sie.

„Sarisen, eine Stadt, die ich liebte, ist nun nur noch eine Hülle, durch die die Wüstenwinde fegen", sagte er mit zitternder Stimme. „Roter Sand hat die edelsteinbesetzten Höhlen von Ulven erstickt, sodass es dort kein Leben mehr gibt."

Titania wand sich in seinem Griff. Sie hasste diese Unverblümtheit, hatte sie ihr ganzes Leben lang zu meiden gesucht. Tamlin ließ nicht locker. „Flüsse sind ausgetrocknet, und die Fische sind unter Qualen verendet. Die Gebeine der Bewohner des Feenlands bleichen in der gleißenden Sonne."

„Genug!", rief sie, und Tränen liefen ihr über die Wangen. „Was soll ich denn tun?"

„Ihr sollt nichts tun, Mylady, sondern eine Tat rückgängig machen", sagte er und ließ sie los.

Sie taumelte ein paar Schritte rückwärts und rieb sich

die Arme, wo er sie gepackt hatte. Früher einmal hatte er sie liebevoll berührt; nun war seine Berührung nichts als Anklage. Eine Demütigung.

„Reißt die Mauern nieder, die Ihr errichtet habt." Er klang nun flehentlich. „Öffnet Euer Land des Zwielichts wieder der Welt. Mehr als nur durch diese winzigen Ritzen, die einigen wenigen gestatten, hinein- und hinauszuschlüpfen. Lasst es wieder so sein wie am Anfang, als das Feenreich und das Land der Sterblichen einander berührten, das Feenreich der Welt die Geheimnisse gab und sie ihm dafür Leben einhauchte."

Sie starrte ihn an. Woher wusste er, was sie vor so langer Zeit getan hatte? Und noch schlimmer: Er hatte keine Ahnung, dass er sie um etwas Unmögliches bat. „Du hast den Verstand verloren."

„Ach ja? Es ist wohl eher so, dass sich das Land verändert hat, seit sich das Lichte Volk aus der Welt der Sterblichen zurückgezogen hat. Ihr habt Euch verändert – alle hier. Ihr habt etwas verloren. Es an die Angst verloren."

Sie konnte ihm nicht in die Augen sehen. Sie wusste, dass er im Recht war, hatte aber keine Ahnung, wie sie dem begegnen sollte. Er schien ihr Schweigen als Ablehnung zu deuten.

„Wann habt Ihr zum letzten Mal gelacht, weil Euch danach war, Mylady?", fragte er barsch. „Ihr sprecht dauernd von Freuden, aber wann habt Ihr zum letzten Mal wirklich Freude empfunden?"

Sie konnte es nicht mehr aushalten. Sie musste ihm die Wahrheit sagen. „Tamlin, hör auf. Das mag ja alles wahr sein." Sie schlang die Arme um sich, als fürchtete sie zu zerbrechen. Sie sehnte sich nach dem Trost und der Sicherheit, die sie einmal in Tamlins starken Armen verspürt hatte, aber sie wusste, dass diese Zeiten lange vorbei waren.

„Aber ich habe die Bannkreise, die ich vor so langer Zeit geszogen habe, schon längst wieder gelöst", sagte sie zu ihm. „Nachdem ich erfahren habe, dass diese Frau, diese Erdenfrau, die dich in *ihren* Bann geschlagen hatte, gestorben ist. Als ich das Feenreich schließlich in diesem schrecklichen Zustand sah, habe ich versucht, die Portale wieder zu öffnen, da ich nicht mehr zu fürchten brauchte, dass ich dich an sie verlieren würde. Nichts jedoch hat sich geändert."

Er schüttelte ungläubig den Kopf. „*Eifersucht* hat Euch dazu getrieben, die Bannkreise um unsere Welt und die ihre zu legen? Das Leben des gesamten Lands aufs Spiel zu setzen?"

„Das ist jetzt gleich." Sie wollte nicht, dass er über diese Vergangenheit sprach. Es war wichtig, dass er ihre gegenwärtige Angst verstand, ihre Verzweiflung.

„Hör mich an", sagte sie und trat einen Schritt auf ihn zu. „Ich habe dir doch schon gesagt, dass ich es rückgängig gemacht habe. Verstehst du denn nicht? Es hat nichts geändert! Es muss noch andere Bannkreise geben, die unsere Welt zu ersticken drohen."

Sie schaute zu Boden, schüttelte den Kopf und beantwortete damit seine unausgesprochene Frage. „Ich weiß nicht, wessen Bannkreise das sind. Aber die Magie ist stark. Sehr stark. Ich kann den Bruch, den ich zwischen der Welt der Menschen und der unseren geschaffen habe, nicht mehr heilen. Jemand lässt es nicht zu."

Nun sah sie ihn fragend an, wartete auf seine Antwort. Er musste ihr helfen – ihnen allen helfen –, das Feenreich wieder zu heilen. Aber würde er es tun? Konnte er es überhaupt?

Tamlin nickte nachdenklich. „Dann müssen wir unsere Hoffnung woanders finden“, sagte er schließlich.

Kapitel acht

Tim sah sich um. „Ich – ich habe es tatsächlich getan", stotterte er. „Aber was genau?"

Er starrte das Amulett an, das er immer noch in der Hand hielt. *Habe ich die Magie gewirkt, oder hat der Stein es getan?*, fragte sich Tim. Egal. Er war … irgendwo hingelangt. Aber wo?

An einen für ihn völlig neuen Ort. „Nichts wiederzuerkennen", murmelte er. Das war nicht die schöne Landschaft, an die er sich von seiner ersten Reise ins Feenreich erinnerte. Es war auch nicht die trostlose Wüste, in die Tamlin, sein Vater, ihn verschleppt hatte. Der Ort hier war … total verquer. Er konnte es spüren. Es roch sogar ungewöhnlich – irgendwie wie der Müll, wenn er und sein Dad ein paar Tage lang vergessen hatten, ihn rauszutragen.

Tim steckte den Stein in die Hosentasche und sah sich genauer um. Er stand im verwüsteten Garten eines Herrenhauses, das auch schon bessere Zeiten gesehen hatte. Eine Backsteinmauer umgab das Gelände und machte es unmöglich zu erkennen, was jenseits davon lag. Als Tim an der Mauer nach oben blickte, fiel ihm auf, dass der Himmel das kränkliche Violett eines blauen Flecks hatte.

Ist da ein Unwetter am Anrauschen, fragte er sich, *oder sieht es hier immer so aus?*

Als Tim einen Schritt vorwärts machte, knirschte es unter ihm. Er schaute nach unten und sah, dass er auf Skeletten stand. Er hob den Fuß, setzte in vorsichtig ein Stück weiter ab, wo der Boden frei war, und zog dann noch vorsichtiger den anderen Fuß nach.

Er unterdrückte ein Schaudern. Schädel starrten ihn aus leeren Augenhöhlen an, und nun erkannte er, dass der gesamte Hof mit Brustkörben, Beinknochen und Skeletten gefüllt war, die zu Geschöpfen gehört haben mussten, die ihm noch nie untergekommen waren.

„Na toll", murmelte er. „Ich bin in einer Knochenstadt gelandet."

Er betrachtete den kleinen Knochenhaufen neben sich und stellte entsetzt fest, dass die Knochen mit Bissspuren überzogen waren. Diese Geschöpfe waren nicht nur hier gestorben, sie hatten ihr Ende als Mahlzeit von jemandem – oder von *etwas* – gefunden.

Am besten, ich verdufte hier, dachte Tim und betrachtete die Mauer. *Sieht nicht allzu schwierig aus. Sollte nicht schlimmer sein, als über die Mauer zum Parkplatz zu steigen.* Aber zu Hause in London war die Mauer um den Parkplatz dazu gedacht, ihn fern zu halten. Tim hatte das unangenehme Gefühl, dass diese Mauer hier dafür sorgen sollte, dass er drinnen blieb.

Er suchte sich einen Weg zur Mauer und versuchte dabei, keine Knochen mehr zu zertreten, was aber kaum zu vermeiden war. Er zuckte jedes Mal zusammen, wenn er wieder ein Knacken hörte.

Er griff so hoch wie möglich die Mauer hinauf und drückte die Finger in die Ritzen zwischen den zerbröckelnden Backsteinen. Mit einem Ächzen zog er sich hoch. Dann tastete er weiter, fand Halt und hob das eine Bein hoch, bis er eine Aussparung für die Zehenspitzen fand. Indem er das Bein streckte und sich fest mit den Armen hochzog, hievte er sich ein weiteres Stück die Mauer hoch.

Geht ja einfach, sagte er sich. *Kinderkram.*

Er wiederholte das Ganze: Halt für die Finger, für einen der Füße, ächzen, hochziehen. Manchmal kam er nur zentimeterweise vorwärts, manchmal ging es besser, allerdings nie, ohne sich dabei die Knöchel, die Knie oder das Gesicht aufzuschürfen.

Der Schweiß strömte ihm nur so den Rücken hinab. *Ich müsste jetzt doch bald oben sein,* dachte er. Er blinzelte nach oben. Dann blinzelte er noch ein paarmal, weil er überzeugt war, dass seine Augen ihn trogen.

Was geht denn hier vor? Die Mauerkrone schien ebenso weit entfernt zu sein wie in dem Augenblick, als er mit dem Klettern angefangen hatte.

Vom Boden aus hat es doch gar nicht so besonders hoch ausgesehen, dachte er, biss die Zähne zusammen und kletterte weiter. *Höchstens vier, fünf Meter. Mit vielen Ritzen und kleinen Vorsprüngen, wo man Halt findet.*

Er stöhnte. Die Schultern brannten ihm vor Anstrengung, und die Arme wurden zittrig, weil seine Muskeln langsam erlahmten.

Es hat ausgesehen, als wär's ganz einfach. Es gibt nur ein Problem. Man kommt nicht rüber.

„Ähem." Tim hörte, wie jemand unter ihm sich räusperte. „Ich würde wagen anzunehmen, dass du nicht mit Zenons Paradox vertraut bist, sonst würdest du dich auf lohnendere Weise verausgaben."

Tim reckte den Hals, um nach unten zu schauen. Ein Mann, der einen samtenen Überwurf über einem Rüschenhemd und dazu Kniehosen trug, blickte zu ihm hoch. Sein fettiges rotes Haar hing strähnig von der hohen Stirn bis zum steifen Kragen des Überwurfs. Von dort, wo Tim an der Mauer hing, konnte er das Gesicht des Mannes zwar nicht genau sehen, erkannte aber immerhin, dass daran etwas seltsam war.

„Komm runter, mein Junge, und wir werden deine Erziehung mit etwas klassischem Gedankengut beginnen."

Der Mann hatte eine Fistelstimme, die so klang, als würde er jammern oder als wäre seine Nase einfach zu klein. Er hatte eine Reitgerte dabei, trug aber sonst keine Reitkleidung.

Voll abgedreht, dachte Tim.

„Ich glaube ... ich verzichte lieber", erwiderte er. Er wandte sich wieder den Backsteinen zu, um endlich den Rest der Mauer zu erklimmen.

Der Mann unter ihm räusperte sich abermals. „Ähem. Dann werden wir eben jetzt sofort mit deiner Erziehung beginnen. Im Paradox in seiner traditionellen Form geht es um den leichtfüßigen Achilles und eine Schildkröte. Aber wir können Zenons Argumentation auch mit einem Jungen und einer Mauer illustrieren. Hörst du mir auch zu, Kind?"

Plötzlich war der Mann über ihm und stand oben auf

der Mauer. Tim war so verblüfft, dass er beinahe den Halt verloren hätte. *Wie hat der denn das geschafft?*

Der Mann ging in die Hocke und stützte sich mit der Reitgerte ab. „Unser Junge klettert die Mauer zur Hälfte hoch. Er will unbedingt entkommen, also klettert er weiter und legt die Hälfte der verbleibenden Entfernung zurück. Und dann die Hälfte davon. Aber es bleibt immer noch ein Abstand zwischen dem Jungen und seinem Ziel. Und daher klettert der Junge weiter, obwohl ihm die Arme schlaff werden."

Der Mann schien nicht gerade in Eile zu sein, mit seiner Geschichte zu Ende zu kommen. Tim klammerte sich verzweifelt an die rauen Backsteine. *Warum beeilt sich dieser Fiesling nicht und beendet seine dumme Vorlesung?* Tim kam der Verdacht, dass der Typ nur aus einem Grund so lange schwafelte: Er hoffte, dass Tim den Halt verlor und runterfiel.

„Der Junge blickt auf", fuhr der Mann mit seiner nervtötenden Jammerstimme fort, „und weil er ein ziemlich kluger Junge ist, erkennt er schließlich, dass er jedes Mal nur die Hälfte der Entfernung zurücklegt. Die Hälfte, und dann die Hälfte davon, und dann wiederum die Hälfte davon. Er schafft es immer nur, den halben Weg zur Freiheit zurückzulegen. Achilles hat die Schildkröte nie überholt. Dieser Junge wird die Mauer nie übersteigen. Ich befürchte, du wirst gleich runterfallen", sagte der Mann und beugte sich plötzlich vor. „Vielleicht solltest du da lieber meine Hand nehmen."

„Ganz bestimmt nicht!", rief Tim. Er wich vor der ausgestreckten Hand des Manns zurück, verlor dadurch tatsächlich den Halt und fiel zu Boden. Zu seinem Erstaunen wartete dort schon der Mann, um ihn in Empfang zu nehmen.

Tim rappelte sich auf und putzte sich den Dreck von den Jeans. Weil er nicht wollte, dass dieser Blödmann sah, wie durcheinander er war, gab er sich möglichst gefasst. „Ich kenne da nämlich so einige Regeln", sagte Tim zu dem Fiesling. „Ich werde keinen Gefallen von Ihnen annehmen. Oder Geschenke. Und auch sonst nichts."

So, dachte Tim. *Das sollte ihm zeigen, mit wem er es zu tun hat. Soll bloß wissen, was hier Sache ist. Der hat es hier immerhin nicht mit irgendeinem gewöhnlichen Dreizehnjährigen aus London zu tun. Von wegen.*

Der Mann lachte jedoch nur. „Du warst wohl zu lange in der Sonne, mein Junge. Die Hitze hat dir das Hirn verkocht. Du solltest in den Schatten. Und jetzt komm rein. Wirklich. Ich bestehe darauf."

Tim hasste es, wenn Erwachsene ihn mit „mein Junge" anredeten. „Ich bin nicht Ihr Junge", rief er. Er trat ein paar Knochen nach dem Mann, dass der Dreck nur so aufspritzte. „Und ich werde nicht in Ihren Bau da gehen ... oder was immer es ist. Ich wollte gar nicht hierher kommen. Und ich habe auch nicht vor zu bleiben."

Der Mann schnalzte mit der Zunge und legte den langen Zeigefinger an die Nasenwurzel, als würde er angestrengt nachdenken. „Lass mich raten. Du wolltest ins Feenreich, bist stattdessen aber hier gelandet. Und deshalb bist du enttäuscht und daher schlecht gelaunt." Der Mann zog die Brauen hoch, als erwartete er, dass Tim diese Vermutung bestätigte.

„Nun, mein Junge – das hier ist tatsächlich Faerie, das Feenreich." Der Mann streckte die Arme in einer weit ausholenden Geste aus. „Jedenfalls der Teil, der zählt. Alles, was wirklich ist. Hinter diesen Mauern" – er zeigte mit der Reitgerte auf die Mauer, von der Tim gerade heruntergefallen war – „ist alles Illusion. Du solltest froh sein, dass du an diesem Ort gelandet bist. In einer Oase der Rationalität inmitten einer Wüste des Aberglaubens." Er klemmte sich die Reitgerte unter den Arm.

Tim kniff die Augen zusammen. Hier sah es kein bisschen wie im Feenreich aus. Dann erinnerte er sich an das Ödland, zu dem Tamlin ihn gebracht hatte. Er hatte anfänglich auch nicht glauben wollen, dass jene Wüstenlandschaft das Feenreich war. Der Mann sagte möglicherweise sogar die Wahrheit.

„Und nun müssen wir deinen Namen ins Lehrregister eintragen", sagte der Mann. „Wie sagtest du noch, war dein Name?"

Tim grinste höhnisch. Glaubte dieser Kerl wirklich, dass er so dumm war? Er würde nicht auf diesen ältesten Trick der Welt reinfallen. Tim trat einen großen Oberschenkelknochen auf den Mann zu. „Bone", erwiderte er. „Jack Bone. Und Sie?"

„Ah. Du bist ein kluger Junge, nicht wahr?"

Tim bemerkte, dass das Lächeln des Mannes vor Zorn verzerrt war. Er bemerkte auch, dass etwas mit dem Mund des Kerls nicht stimmte. Der Mann kam einen Schritt näher.

Tim zog die Nase kraus. *Was für ein Gestank! Dieser Spinner sollte sich mal extrastarkes Mundwasser zulegen.* Der Atem hatte den fauligen Gestank von altem Blut und schlecht gewordenem Fleisch.

„Wenn ich auch deine Schlagfertigkeit zu schätzen weiß, so hasse ich es doch, einen toten Punkt zu erreichen", sagte der Mann. „Einen Gleichstand sozusagen. Vielleicht können wir uns schneller einigen, wenn wir die Sache unverblümter angehen." Er legte die Fingerspitzen aneinander, bildete mit den Händen ein kleines Dreieck und leckte sich die Lippen. „Ich schlage ein Spiel vor."

„Ein Spiel", wiederholte Tim. Das gefiel ihm ganz und gar nicht. Da er aber sonst keinen Ausweg aus seiner Situation sah, musste er sich wohl oder übel anhören, was der Typ vorzuschlagen hatte.

„Ja. Und um das Spiel interessanter zu machen – um was sollen wir spielen? Was soll auf dem Spiel stehen?" Ein träges Lächeln zuckte um die Mundwinkel des Mannes, aber es war, als steckten sein Lippen fest. Sie schafften das Lächeln nur zur Hälfte.

„Ah. Ich weiß. Ich weiß, was einen klugen Jungen interessieren sollte. Ich könnte dir verraten, wer dein Vater ist."

Tim spürte ein Kribbeln unter der Kopfhaut. Wie konnte dieser Mann wissen, aus welchem Grund Tim ins Feenreich hatte kommen wollen? *Kann der etwa Gedanken lesen?*

„Jawohl, ich werde dir von deinem Vater erzählen, Kind, wenn du mich bei dem Spiel schlagen kannst."

Tim kniff die Augen zusammen. „Ich glaube Ihnen nicht."

„Nein? Aber du musst doch zugeben, dass es eine Frage ist, die du ums Verplatzen gern beantwortet hättest."

Tim schluckte angestrengt. Ihm fiel keine freche Antwort ein und auch kein gescheiter Bluff.

„Und vergiss nicht", fuhr der Mann fort. „Woher sollte ich diese Frage kennen, wenn ich nicht auch die Antwort wüsste?"

Tim musste zugeben, dass dahinter eine gewisse, wenn auch verdrehte Logik steckte. „Was, wenn ich verliere?", fragte er.

„Wenn du verlierst, wirst du dich in meine Obhut begeben und mein Schüler werden. Ich werde dich von all deinen Illusionen befreien."

Tim sah sich im Garten um, sah all die verrottenden und brüchigen Knochen. Er addierte diese Beweisstücke zu dem unmissverständlichen Geruch, der von dem Mann ausging. „Und dann werden Sie mich auffressen."

Den Mann schien nicht zu stören, dass Tim das herausgefunden hatte. „Ja, zu guter Letzt schon", sagte er wie beiläufig. „Aber wenn diese Zeit kommt, wird dir das nichts mehr ausmachen." Der Mann ließ die Knöchel knacken.

O Mann, dachte Tim. *Wahrscheinlich lässt der auch gern die Fingernägel über die Tafel quietschen.*

„Alldieweil, ich werde deine Magie verschlingen, noch bevor ich mich an deinem Fleisch gütlich tue. Du wärest vielleicht überrascht zu hören, wie wenig man sich um das Fleisch schert, wenn man der Seele schon entledigt wurde."

Tim schluckte abermals kräftig, damit ihm die Galle nicht weiter hochstieg. Was war das für ein Ungeheuer?

Der Mann kniete sich nieder und hob zwei kleine Skelette auf. Tim fand, dass das einmal Flatterlinge gewesen sein könnten, jene hübschen, anmutigen Geschöpfe, die er am Hof der Königin gesehen hatte. Der Mann schob sie überraschend geschickt zurecht, sodass sie auf dem staubigen Boden aufrecht standen, und arrangierte sie wie makabre Actionfiguren. Figuren ohne Fleisch. Nichts als Knochen.

Tim spähte zur Mauer hinüber. Dann zum Herrenhaus. Schließlich sah er den Mann wieder an. Welche Wahl hatte er schon? „Also gut", stimmte er zu.

Außerdem, dachte er, *gewinne ich ja vielleicht.* Zumindest würde er sein Bestes tun.

Der Mann stand wieder auf. „Bravo", sagte er. Er klatsche so leicht in die Hände, dass es keinerlei Geräusch verursachte. „Ich bin erfreut, dass wir unsere Differenzen auf so zivilisierte Weise bereinigen konnten. Und nun haben wir alle Zeit der Welt, wie der Dichter sagt, um uns besser kennen zu lernen ..."

Tim wand sich innerlich, als ihm der Mann nun eine Hand auf die Schulter legte. Er versuchte sie abzuschütteln, aber der Griff des Kerls war zu kräftig.

„Ich möchte dir gerne den Grundsatz verraten, der mein Leben beherrscht." Der Mann führte Tim auf das finstere Herrenhaus zu. „Er ist das Zentrum all dessen, was ich tue. *Fronti nulla ides,* mein köstlicher Junge." Er hob einen Arm vors Gesicht, rieb sich mit dem Ärmel über den Mund und ließ die Hand dann auf den Lippen liegen, als dächte er angestrengt nach. Als er die Hand schließlich wieder senkte, musste Tim vor Schreck nach Luft schnappen. Wie auf einmal zu sehen war, besaß der Mann drei Reihen dolchartiger Zähne.

„Traue nie dem äußeren Schein“, sagte der Mann.

Was ist das für ein Ungeheuer?, fragte sich Tim noch einmal. Er starrte die Zahnreihen an, die von einem Ohr zum anderen reichten, als könnte der Mann seinen Unterkiefer aushängen und das Maul weit genug öffnen, um Tim in einem Stück zu verschlingen. Dort, wo bei Menschen hinter dem Gebiss üblicherweise der Gaumen begann, waren dicht hintereinander zwei weitere Zahnreihen. Und alle Zähne sahen rasiermesserscharf aus.

Der Mann ging weiter auf das zerfallene Herrenhaus zu und zerrte Tim mit sich. „Wie du sehen wirst, folge ich einer Berufung“, erklärte er. „Ein einzigartiges und sehr befriedigendes Ziel. Ich vereinfache die Welt.“

Sie waren an der Schwelle zu dem riesigen Haus angekommen. Tims Herz klopfte fest, aber er wusste, dass es keinen Weg zurück mehr gab. Das alte Pferdegebiss würde schon dafür sorgen. Tims einzige Hoffnung bestand darin, diese Kreatur irgendwie bei jenem Spiel zu besiegen.

Die Tür wurde geöffnet. Tim ging hinein und hörte dann, wie der Mann die Tür hinter ihm verriegelte. Als Erstes bemerkte Tim den Geruch nach Tod und irgendwas Chemischem. Es erinnerte ihn an das Chemielabor in der Schule.

Sie standen in einer dunklen, höhlenartigen Eingangshalle. Es dauerte einige Zeit, bis sich die Augen an das trübe Licht gewöhnten. Als das schließlich geschehen war, klappte Tim die Kinnlade herunter. Vor ihm standen wie in einem Museum Reihen von Glaskästen, und in jedem befand sich ein außergewöhnliches Tier. Es gab auch ausgestopfte Geschöpfe auf Podesten und wiederum andere, die auf Schautafeln aufgespießt waren. Bei jedem war eine Karteikarte befestigt, die die Exemplarnummer aufführte.

„Sie sind ... sie sind alle tot", sagte Tim.

„Tatsächlich?", sagte der Mann. „Wie kannst du behaupten, dass ein Geschöpf tot ist, wenn nicht einmal bewiesen werden konnte, dass es je gelebt hat?"

Tim fuhr herum und starrte den schrecklichen Mann an. „Warum haben Sie ihnen das angetan?", fragte er wütend.

Der Mann schien sich überhaupt nicht an Tims Ausbruch zu stören. Offenbar war er sogar eher darüber erfreut. „Ach, wie erfrischend", sagte er. „Ein lernbegieriger Schüler. An dir werde ich wirklich meine Freude haben, mein Junge. Es ist ein solches Vergnügen, einen jungen Geist vom Makel der Leichtgläubigkeit zu befreien. Aber was deine Frage angeht, die habe ich bereits beantwortet. Ich befasse mich damit, die Welt zu vereinfachen. Mit der Zeit wirst du schon begreifen, was ..."

Tim schnitt ihm das Wort ab und schrie: „Halten Sie den Mund! Halten Sie einfach die Klappe!"

„Wie bitte?" Tim hörte eine gewisse Gereiztheit aus der Stimme des Mannes heraus, aber das war ihm gleich. Er wollte einfach nur, dass der Kerl einen Augenblick still war. Er musste nachdenken. Schließlich wandte er sich langsam seinem schauerlichen Feind zu. „Ich habe mir das mit dem Spiel überlegt."

Der Mann brachte sein Gesicht dicht an das von Tim heran. „Du hast zugestimmt, kleiner Mann." Tim konnte die

Drohung aus jeder Silbe hören. „Du kannst jetzt keinen Rückzieher mehr machen."

„Ich kneife nicht", sagte Tim „Ich möchte nur den Einsatz ändern."

Der Mann richtete sich wieder auf und verschränkte abwartend die Arme. Er wirkte misstrauisch. *Gut so. Soll zur Abwechslung mal er sich Gedanken machen.*

„Ich möchte nicht, dass Sie mir den Namen meines Vaters verraten, nachdem ich Sie geschlagen habe", sagte Tim, der all seinen Mut und seine Dreistigkeit zusammengenommen hatte. „*Ihr* Name ist es, den ich dann wissen will." *Und sobald ich den habe,* dachte Tim, *werde ich dich vernichten.*

„Ach, welch glühende Leidenschaft. Zorn steht dir gut zu Gesicht, mein Junge." Der Mann legte den Kopf schräg. „Ich werde großzügig sein. Wenn du mich tatsächlich bei meinem Spiel schlägst, sollst du *beide* Namen erfahren! Meinen und den deines Vaters. Du wirst dir das dann redlich verdient haben, fürwahr. Ich selbst bin nämlich ziemlich gut beim Versteckspielen."

Der Mann lächelte, und Tim musste den Blick von diesem grotesken Mund abwenden.

Der Mann drehte sich um, eilte auf eine Tür mit schweren Flügeln zu und packte deren Klinken. Dann warf er über die Schulter noch einen Blick zurück. „Ich werde bald wieder bei dir sein. Solltest du mich zwischenzeitlich brauchen, ich bin im Wintergarten und spiele Flöte."

Er ging hinaus und ließ die schweren Türflügel hinter sich zuschlagen.

Tim sackte auf die unterste Stufe einer geschwungenen

Treppe und schlug die Hände vors Gesicht. Erst jetzt gestattete er sich, all die Angst zu spüren, die in ihm gewachsen war, seit die Kreatur erschienen war.

„O Mann“, jammerte er. „Was habe ich nur getan?“

Tamlin kreiste über dem Feenreich. Er entdeckte einen weiteren toten Ort. Eine weitere Legende war von der Wüste verschlungen worden. *Ist das Arraune, wo die Seefrauen Wasser und Seufzer zu blaugrüner Seide spinnen? Oder Tellis, wo zerschlagene Hoffnungen in den Straßen wandeln und die Fremden anflehen, sie aufzunehmen? Ich kann es nicht sagen. Jemand hat das Herz dieses Landes verschlungen. Das Leben ist daraus verschwunden.*

Auf diesem traurigen, bekümmerten Flug konnte Tamlin sehen, wie das Land überall dahinwelkte. Verblasste. *Faerie ist kaum mehr ein Geist dessen, was es einmal war, als sich mir seine Tore öffneten,* stellte er fest.

Tamlin musste wieder an die Zeit zurückdenken, bevor er ein Bewohner des Feenreichs wurde. Es war so lange her, schon Jahrhunderte. Er war nicht älter als zwanzig Lenze gewesen, aber er hatte den Nachbarn seines Clans schon Unmengen von Vieh gestohlen. Außerdem hatte er einen entfernten Verwandten getötet, der über die Keuschheit seiner Schwester gespottet hatte. Seine Verwandten sangen Lieder über seinen Mut. *Sie hielten mich für einen Ritter,* dachte er. *Aber ich war nur ein Feigling, das weiß ich jetzt.*

Tamlin flog weiter, aber nun sah er nur seine Vergangenheit, nicht mehr das welkende Land unter sich. *Ich glaubte an nichts und niemanden. Am allerwenigsten glaubte ich an mich. Ich war ein ungehobelter und überheblicher Welpe, der möglicherweise zu einem wahren Schweinehund herangewachsen wäre. Aber dann hat man mir einen kurzen Blick auf ein Geheimnis gewährt. Ein Geheimnis, so kostbar wie das Leben selbst. Das Feenreich.*

Tamlin erinnerte sich daran, wie er Titania in jener schicksalhaften Nacht im Mondlicht begegnet war. Warum sie ursprünglich in seine Welt gekommen war, hatte er bis heute nicht herausgefunden. Aber kaum hatte sie es getan, hatte sich sein Leben für immer verändert. Sie war es nämlich gewesen, die ihn hierher brachte. Ins Feenreich. Und obwohl er von Anfang an ein Gefangener gewesen war, hatte ihm das erst Jahre später widerstrebt. Selbst in jener Zeit, als er sich allmählich gegen Titanias Launen und Ausbrüche zur Wehr setzte, hatte das Land es immer wieder vermocht, ihn zu entzücken.

Das Land des Zwielichts hat mich dazu gebracht, dem eigenen Wahnsinn zu trauen, musste er zugeben. *Das hinzunehmen, was ich all mein elendes, zurückgenommenes Leben vor mir selbst verborgen hatte: die Welt um mich her und die Welt in mir. Das Land hat mich gelehrt zu leben. Zu lachen. Und ja, sogar zu lieben.*

Nun war das Sommerland tot. Es war erwürgt und ausgesaugt worden. *Diese Ödnis ist unmittelbares Zeugnis der Seele des Feenreichmörders.* Tamlin war fest entschlossen, den Ursprung der Verwüstung aufzuspüren. Und dann? *Wer auch immer diese grausame Magie verursacht, kann Träume offenbar ganz einfach verschlingen. Wir werden sehen, wie er mit jemandem zurechtkommt, dessen Träume schon vor langer Zeit untergegangen sind.*

Ein einziger Gedanke tröstete Tamlin, während er in weiten Kreisen dahinglitt, um nach seinem Feind Ausschau zu halten. *Zumindest habe ich den Jungen nicht mit in diese Hölle bringen können, damit er diesen Kampf ausficht. Es ist absonderlich, Amadan für etwas dankbar sein zu müssen, aber in diesem Fall bin ich es. Hätte dieser heimtückische Flatterling mich nicht vorher abgezogen, hätte ich den Jungen hierher gebracht, etwas, was ich jetzt sehr bereuen würde. Seine Welt mag zwar der Träume verlustig gegangen sein, aber zumindest ist er dort in Sicherheit.*

Kapitel neun

Was für ein Verrückter würde ein Haus auf diese Weise bauen? Tim hatte gerade schon wieder einen Flur gefunden, der nirgendwohin führte. Nur zu einer Wand. Er drehte sich um und kehrte in die Haupthalle zurück. Der weiche bestickte Teppich unter ihm und die Reihen von Kronleuchtern oben konnten die Tatsache nicht bemänteln, dass dieses Haus eine Falle war. Schlicht eine Falle.

Tim fiel eine weitere Bio-Frage ein. Die hatten sie gerade bei einem Test zum Thema Tierverhalten gehabt. Die Frage lautete: Nicht alle Fleischfresser sind ______, aber alle ______ sind Fleischfresser. Seine Aufgabe war es gewesen, die leeren Stellen zu füllen, und das war einfach gewesen. Die Antwort lautete *Raubtiere.*

Raubtiere töten ihre Beute nicht einfach und essen sie, erinnerte sich Tim. *Das wäre zu einfach. Raubtiere genießen es, ihre Mahlzeiten zu jagen und aufzuspüren. Für ein Raubtier ist das ein Spiel. Ein Spiel. Genau das hatte dieser Kerl vorgeschlagen.* Und Tim war inzwischen völlig davon überzeugt, dass dieses Haus der Traumpalast eines Raubtiers war.

Keine Tür ließ sich öffnen, dass man sich dahinter hätte verstecken können. Es gab keine Messer in der Küche, um sich damit zu verteidigen. *Nicht, dass ich überhaupt eine Küche gefunden hätte. – Irgendwie,* stellte Tim fest, als er weiter durch die hohe Eingangshalle ging und durch Torbogen spähte, *sieht es so aus, als frisst dieser Fiesling alle seine Mahlzeiten roh.*

Wieder stand er vor der Eingangstür. Er kratzte sich am Kopf. Das Haus war ein Irrgarten, dessen Zimmer immer nur in Flure führten, die wiederum nur in irgendwelche Zimmer führten. Alle Flure waren gewunden und hatten Ausgänge, wo man keine vermutete. Tim war sich nicht einmal sicher, wie er wieder dort angekommen war, wo er angefangen hatte. Er blieb stehen, stützte die Hände auf die Hüften und versuchte sich zu orientieren.

Zu seiner Linken, hinter der schweren Doppeltür, konnte Tim das Trällern einer Flöte hören. Der Fiesling hatte keine Witze gemacht. Offenbar war er wirklich Musikliebhaber und klang auch noch nicht einmal schlecht. *Unglaublich, wenn man bedenkt, was für Zähne er hat.* Tim hätte jemandem mit einem solchen Maul nicht unbedingt ein Blasinstrument zugetraut.

Vor ihm öffnete sich der Raum zu jenem widerwärtigen Museum hin, das mit Glaskästen und traurigen, ausgestopften Geschöpfen auf Podesten angefüllt war. Tim vermied es tunlichst, einem davon in die Augen zu sehen. Die Decke war in diesem Bereich ziemlich hoch, und es gab kleine Balkone zu beiden Seiten. *Die Wendeltreppe am Ende des Raums führt wohl zu diesem Zwischenstock,* dachte er.

Rechts befand sich die weite, geschwungene Marmortreppe, die in die oberen Stockwerke führte. Tim wünschte sich, er hätte sich das Haus von draußen aus besser angesehen. Er erinnerte sich an Türmchen mit Fenstern darin, und …

Fenster! Er würde vielleicht diesen Stein, den Tamlin ihm gegeben hatte, dazu benutzen können, um das Glas einzuschlagen, und dann konnte er fliehen! Selbst wenn ihn das nur wieder in jenen Garten mit der ständig wachsenden Mauer führte, lieber war er dort draußen als hier drinnen.

Er hatte sich bereits mit Hilfe des Steins nach draußen wünschen wollen, aber da war nichts passiert. Das Amulett sah in diesem schrecklichen Haus auch nicht so aus wie vorher. Es hatte seinen Glanz und das Leuchten verloren und wirkte einfach nur wie ein ganz normaler Stein. Es war, als hätte das Haus – oder dieser Mann – die Magie des Steins stumpf werden lassen.

Aber ein Stein ist immer noch ein Stein. Tim rannte zu den Brokatvorhängen, die das Licht fern hielten, und riss sie zur Seite.

Die Schultern sackten ihm nach unten. Die Fenster waren vergittert, und es sah aus, als wäre so etwas wie Maschendraht ins Glas eingelassen.

„Das war dumm“, ermahnte er sich. „Dieser Kerl spielt sein Spiel schon seit Jahren – wahrscheinlich sogar seit Jahrhunderten. Hast du wirklich geglaubt, es würde so einfach werden?“

Enttäuschung breitete sich in ihm aus. Er ballte die Fäuste und ging von den Fenstern weg. Als er durch den Bogengang kam, drosch er gegen den Türrahmen.

Knarrr.

Tim riss überrascht die Augen auf, weil sich auf einmal die Täfelung im Bogengang öffnete. Er starrte seine Faust an, dann die Öffnung. *Ein Geheimgang. Und er sieht aus, als wäre er zu schmal für diesen Typ. Ausgezeichnet!*

Er stemmte sich in den kleinen Gang und zog dann die Luke hinter sich zu. Überall hier drinnen lag dicker Staub. Er hustete in seinen Ärmel, weil er keine lauten Geräusche machen wollte. Nun, wo er ein Versteck gefunden hatte, wollte er sich auf keinen Fall verraten, nur weil es hier riesige Wollmäuse gab.

Tims Augen passten sich an die Dunkelheit in diesem engen Raum an, und dann sah er, dass es sich eigentlich um den Anfang eines Tunnels handelte. Der Vorraum zweigte in alle möglichen Richtungen ab. Tim kroch los, um so schnell wie möglich von der Öffnung wegzukommen. *Auch wenn der Kerl hier nicht bequem reinpasst,* sagte er sich, *weiß er doch bestimmt, dass es diese Geheimgänge gibt.*

Er erreichte die erste Abzweigung, und sofort sank seine Hoffnung. Der Gang führte direkt in den großen Hauptraum zurück. Keine Geheimtür, die ihn schützte; die Öffnung war nicht einmal hinter einem Glaskasten verborgen. Tim spähte nach draußen und sah sich unmittelbar in Augenhöhe des Fieslings. Würde der Kerl irgendwo weiter im Raum stehen, würde er ihn sofort entdecken. Tim schnaubte. *Na toll, wirklich sehr geheime Geheimgänge.*

Vielleicht irgendwo tiefer drin, dachte er dann und kroch weiter. Er erreichte eine Biegung im Gang und fand dort eine Treppe vor. Hier konnte er beinah aufrecht stehen, also ging er geduckt nach oben. Die Treppe war so gewunden, dass Tim bald keine Ahnung mehr hatte, ob er sich an der Vorder- oder der Hinterseite des Hauses befand. Aber das war ihm gleich, solange das alte Pferdegebiss ihn nicht fand.

Er kam zu einem Absatz und lehnte sich dort an die Wand, um sich erst einmal zu orientieren. „Ups!" Er fiel nach hinten durch eine Öffnung und prallte fest auf dem Rücken auf. „*Au!*" Er setzte sich im Schneidersitz hin. *Das war gar keine richtige Wand. Das war nur Leinwand, die man so bemalt hat, dass sie wie eine echte Wand aussieht. Ganz schön hinterhältig.*

Es gibt hier zwar alle möglichen Verstecke, stellte er fest, während er weiterkroch, *aber noch weitaus mehr Möglichkeiten, dass sich jemand von hinten anschleicht, wenn man sich versteckt.*

Er fand einen Raum, der vielversprechend aussah. Er war voller Nischen und Winkel, und es gab jede Menge Trödel, Truhen und Berge von Stoff. Er konnte sich vielleicht in einer Truhe verstecken oder mit einer Stoffbahn zudecken und so tun, als gehörte er zum Mobiliar.

Tim ging rasch zu einer der Truhen. Er streckte gerade die Hand aus, um sie zu öffnen, als es in seinem Nacken zu kribbeln anfing. Irgendwas stimmte hier nicht. Er warf einen Blick zurück und schluckte. Eine Reihe scharfer Messer ragte aus der Wand hinter ihm, und die Spitzen zeigten geradewegs auf ihn. Er befand sich direkt in der Feuerlinie.

Tim sah wieder die Truhe an. „Ich wette, wenn ich …", murmelte er. Er ging von der Truhe weg. Bei dem riesigen Kamin, den es hier gab, fand er einen Schürhaken. Er packte ihn, legte sich so weit wie möglich von der Truhe entfernt auf den Boden und streckte den Schürhaken dann aus. Er hielt ihn mit beiden Händen fest und hob den Deckel der Truhe damit an.

Zack! Zack! Zack!

Die Messer flogen durch das Zimmer. Da Tim mit seinem Körper nicht im Weg war, um sie aufzuhalten, flogen sie in den Wandbehang an der gegenüberliegenden Wand.

Der Schürhaken fiel klappernd zu Boden. Die Truhe war eine Falle. Hätte Tim sie von vorn geöffnet, wäre er jetzt ein Sieb. Er spürte, wie ihm der Schweiß auf die Stirn trat. Er musste noch vorsichtiger sein – hier konnte es überall solche tödlichen Fallen geben.

Er wollte sich hochrappeln, sank dann aber wieder auf die Fersen zurück. „Alle Arten von Räumen und Fluren und Stockwerken, die sicher aussehen“, murmelte er, „bis du drin bist und entdeckst, das sie Fallen sind.“

Er war erschöpft. Wie sollte er dieses Spiel überleben? Was lauerte sonst noch auf ihn, wollte ihn pfählen, ersticken oder gefangen halten, bis dieser Mann wieder auftauchte? Er holte tief Luft und schüttelte den Kopf. „Denk nicht daran“, sagte er sich. „Überleben. Das ist alles, woran du jetzt denken solltest.“

Er stand auf und ging zu den Messern, die bis zum Heft in dem Wandbehang steckten. Sollte er sich trauen, sie zu berühren? Um sie als Waffen zu benutzen? Aber möglicherweise waren sie ja vergiftet. Er beschloss, es zu wagen, packte den geschnitzten schwarzen Griff des Messers vor ihm und zog daran.

Das Messer rührte sich nicht von der Stelle. Er versuchte es noch einmal. Wieder passierte nichts. Es war, als steckte das Messer in festem Beton.

„Ihr seid auch keine Hilfe", sagte er zu der Wand voller Messer. *Spiel das Spiel weiter,* ermahnte sich Tim. *Wenn du alles daransetzt, am Leben zu bleiben, wird sich alles andere schon von allein ergeben. – Wenigstens,* dachte er, *ist das in Märchen immer so.*

Er machte sich wieder daran, ein Versteck zu finden oder zumindest eine Möglichkeit, um seinem Raubtier-Gastgeber zu entgehen. Er bemerkte, dass das Flötenspiel verstummt war. Ob das daran lag, dass er nun außer Hörweite war, oder hatte der Mann angefangen, Jagd auf ihn zu machen?

Märchen. Verdammte Märchen. Tim stemmte sich zu einer kleinen Nische in der Wand hoch. Wie er erwartet hatte, führte sie zu einem weiteren Gang, und zwar zu einem, der so staubig war, als wäre hier lange Zeit niemand mehr gewesen. Tim hielt das für ein gutes Zeichen.

Irgendwie kommen einem die Ungeheuer nie so wirklich vor wie die Prinzen und Prinzessinnen, dachte Tim. *Die Oger und Riesen scheinen nie eine echte Chance zu haben. Selbst mutige kleine Schneiderlein und aufgeweckte Waisenmädchen machen Hackfleisch aus denen. Und danach leben sie glücklich bis ans Ende ihrer Tage. So geht's in den Geschichten doch immer aus.* Nun, da er in einem wirklichen Märchen nebst eigenem Ungeheuer steckte, ging ihm auf, wie unrealistisch diese Geschichten immer waren.

Vielleicht kommt das daher, dass Erwachsene sie erzählen. Lügen, Lügen, nichts als Lügen. Vom Ende des Tunnels schimmerte Tim auf einmal Tageslicht entgegen. Sollte da wirklich ein Ausgang sein? Da es in dem schmalen Gang keine Fußabdrücke, aber jede Menge Spinnweben gab, handelte es sich vielleicht wirklich um einen Weg nach draußen, einen, den der Fiesling vergessen hatte. Tim beeilte sich und schlug mit Knien und Kopf an, so hektisch kroch er zum Ende des Tunnels.

„Bah!“, entfuhr es ihm. Der Gang öffnete sich auf einen schmalen Sims, und hätte Tim sich schneller bewegt, wäre er unversehens über dessen Rand gestürzt. Es ging bestimmt zehn Meter steil abwärts.

Tim spähte nach unten in einen Hof, der von Müll und Knochen übersät war. Auf einem Haufen von Skeletten lag ein kleines Mädchen – offensichtlich eines der Opfer aus jüngster Zeit. Sie trug immer noch ein wunderschönes fließendes Gewand und hatte ein Diadem im Haar. Sie sah aus, als wäre sie eine Prinzessin gewesen – oder als hätte sie sich als solche verkleidet. Der Körper lag gebrochen und verrenkt da. Tim konnte allerdings nicht sagen, ob sie von dem schrecklichen Mann getötet worden oder von genau der Stelle, an der er sich jetzt befand, in den Tod gestürzt war.

Tim wurde von Entsetzen und großer Traurigkeit erfasst und bekam einen Kloß im Hals. *Vielleicht war sie aufgeweckt und mutig. Vielleicht hätte sie es geschafft, wenn das hier nur eine Gutenachtgeschichte gewesen wäre. Aber leider war das in ihrem Fall nicht so. Genauso wenig wie in meinem. Ich muss mich unbedingt weiter zusammenreißen.*

Irgendwie wird es immer schlimmer und schlimmer. Tim biss die Zähne zusammen. Er war entschlossen, sich von diesem schrecklichen Mann nicht kleinkriegen zu lassen.

„Ich werde nicht aufgeben!“, sagte er laut. Seine Stimme hallte im Hof wider. „Nein, das werde ich nicht. Ich werde dich um meinetwillen schlagen ... und für dieses kleine Mädchen ... und für dieses Land, ob es nun das Feenreich ist oder nicht!“

Tim war bemüht, sich wieder zu beruhigen, und kroch rückwärts, um anderswo nach einem Versteck zu suchen. *Warum sind die ganzen Tunnel hier eigentlich so niedrig?*, fragte er sich. *Der Fiesling passt doch kaum hier rein und müsste ständig auf allen vieren herumkriechen. Aber wahrscheinlich ist er verrückt genug, das zu tun.* Tims Gedanken schweiften umher, damit er nicht mehr an den schrecklichen Anblick des kleinen Mädchens denken musste.

Oder vielleicht ... Tim hielt inne und erstarrte in der Bewegung. Er hatte gerade eine Hand vom Boden erhoben und ein Knie in der Luft. *Vielleicht bewegt er sich ja nicht immer auf zwei Beinen. Vielleicht geht er nicht immer aufrecht. Was, wenn er in seiner wahren Gestalt irgendeine Art Tier ist?*

Tim ließ Hand und Knie auf den Boden sinken. Von seinem ungelenken Krabbeln durch die gewundenen Geheimgänge dieses bizarren Herrenhauses taten ihm mittlerweile alle Knochen weh. Und er hatte immer noch kein Versteck vor seinem Verfolger gefunden.

Ein neuer Gedanke kam ihm. Vielleicht war es ja ganz falsch, sich verstecken zu wollen. *Es sieht ganz so aus,* dachte er, *als hätten die anderen, die bisherigen Opfer, alle versucht, sich zu verstecken, und man sieht ja, wie viel ihnen das gebracht hat.*

Aber irgendwas musste er doch unternehmen. Er konnte doch nicht einfach darauf warten, dass man ihn als Zwischenmahlzeit verspeiste. Aber was?

Tim kroch aus dem Gewölbegang in einen langen Flur, der mit einem Marmorfußboden versehen war und von dem mehrere Türen abgingen, die aber alle geschlossen waren.

Er stand auf und versuchte es vorsichtig an der ersten Tür, zu der er kam. Sie war verriegelt. Überrascht versuchte er noch einmal, den kunstvoll verzierten Türknauf zu bewegen. Auf seiner ganzen Suche hatte er noch keine einzige solcher Türen vorgefunden, die abgeschlossen war. Bis jetzt.

Das ist aber mal interessant …

Kapitel zehn

Wenn diese Tür verschlossen war, dann bedeutete das offensichtlich, dass der Hausherr nicht wollte, das jemand in den Raum dahinter gelangte – was ihn genau zu dem Ort machte, an dem Tim sein wollte.

Aber wie sollte er hineinkommen? Tim steckte die Hände in die Taschen, um in Ruhe nachzudenken, und spürte dabei den Stein, den Tamlin ihm gegeben hatte. Der hatte allerdings schon zuvor nicht funktioniert, und Tim glaubte auch nicht, dass er jetzt funktionieren würde. Nicht in seinem derzeitigen „stumpfen" Zustand.

Auch in der anderen Tasche berührte er einen festen Gegenstand. Er zog ihn heraus.

Tim starrte einen altmodischen Schlüssel an und runzelte die Stirn. Er hatte völlig vergessen, den Schlüssel eingesteckt zu haben. Dieser Schlüssel hatte ihn einmal beinahe seine Freiheit gekostet – vielleicht würde er ihn jetzt retten.

Tim hoffte, dass es klappte. Er ging zwar nicht davon aus, dass hinter dieser Tür eine andere Welt lag – aber wenigstens ein Ort der Sicherheit oder irgendetwas, was ihn weiterbrachte. Er ging zur Tür, steckte den schweren Schlüssel ins Schloss und hoffte innigst, dass er passte. Er vernahm ein Klicken, und die Tür ging auf.

Tim befand sich in einer riesigen Bibliothek. Es gab in diesem Raum mehr Bücher, als Tim in seinem ganzen Leben je an einem einzigen Ort gesehen hatte. Mehr als in der Schule, mehr als im Buchladen. Sogar mehr als in der Bibliothek drei Straßen von Mollys Haus entfernt. Er ließ den Schlüssel wieder in die Tasche gleiten und trat einen Schritt weiter in die Bibliothek.

Die Bücherregale ragten weit in den Raum hinein, vom Boden bis zur Decke, und es gab viele, viele Reihen davon. Die meisten Bücher sahen alt und verstaubt aus, aber es gab auch ein paar neuere.

Tim ging um das erste Regal herum, weil er sich eine Vorstellung von der Größe des Raums machen wollte. An den Wänden hingen wieder welche dieser schrecklichen Schaukästen.

Diesmal zwang Tim sich hinzusehen. Er wusste, dass sein Leben davon abhängen konnte, so viel über die „Studienobjekte" des alten Pferdegebisses herauszufinden wie möglich.

Im ersten Kasten befand sich ein großes Tier, eine Art Kreuzung zwischen einem Löwen und einem Adler. Auf der Karteikarte am Kasten stand *Greif, Exemplar Nummer 21.* Tim ging ein Stück weiter und kam zu einem Podest mit einem Tier, das ebenfalls zum Teil ein Löwe war. Nur dass er diesmal den Kopf einer Frau hatte. Er erkannte es aus dem Geschichtsunterricht. Es war eine Sphinx. Er erinnerte sich, gelernt zu haben, dass die riesige Sphinx, die immer noch in Ägypten stand, nur eine größere Version von Tausenden kleineren solcher Statuen war, wie man sie überall in Ägypten finden konnte.

Vielleicht gab es ja deshalb so viele Statuen davon, weil sie einmal wirklich existiert haben, dachte Tim. *Aber nun sind sie alle verschwunden, und das möglicherweise allein, weil dieser Kerl sie alle ausgerottet hat. Wie hat er es noch genannt? Ja, genau.* „Vereinfachung der Welt", murmelte Tim.

Er kam zu einem niedrigen Podest, auf dem sich allerdings nichts befand. „Komisch." Er schaute auf die Beschriftung an der Wand, und sein Herz überschlug sich beinahe. *Feenvolk* stand darauf.

Bisher hatte Tim noch keinen Schaukasten mit Menschen gesehen. „Na ja", schnaubte er. „Man steckt sein Essen halt nicht in Schaukästen."

Tim spähte an einer Reihe von Regalen entlang, und ihm fiel auf, dass es inmitten der Bibliothek eine große, offene Fläche gab, die ihm zuvor nicht aufgefallen war. Neugierig ging er darauf zu, um besser sehen zu können.

„O Mann!", keuchte er.

Auf dem Podest mitten im Raum stand das außergewöhnlichste Geschöpf von allen.

„Du bist so schön!", flüsterte Tim. „Und dich hat er auch erwischt."

Vor ihm stand ein Einhorn, schweigend und reglos, umgeben von dieser Phalanx von Bücherregalen. Tim wusste, dass es nicht mehr am Leben war, aber er musste es sich einfach näher ansehen. Er wollte es berühren, es streicheln, über die weiße Mähne streichen. Es war ihm gleich, ob das albern war oder nicht. Dieses Einhorn war so wunderbar, dass es Tim wie magnetisch anzog.

Als er auf das Podest zuging, trat er auf ein verknittertes Blatt Papier. Er bückte sich und sah, dass es sich um eine

Seite handelte, die aus einem Buch herausgerissen worden war.

Er betrachtete die Seite. Sie zeigte die Abbildung eines Einhorns mit einer Beschreibung darunter. Die Schrift sah altmodisch aus, und viele der Wörter waren lateinisch.

Dann bemerkte er, dass eines der Bücher vor ihm im Regal mit dem Rücken ein Stückchen aus den anderen hervorragte. *„Terra Incognita“*, las Tim. Er griff nach dem Buch, setzte sich im Schneidersitz auf den Boden und schlug es auf.

„Was zum …“ Seite um Seite war aus dem Buch herausgerissen worden. Er schaute das Blatt mit dem Einhornbild an. Auch das stammte zweifellos aus diesem Buch. Aber warum? Warum sollte jemand alle Seiten aus einem Buch reißen? Und warum hatte er es danach wieder ins Regal gesteckt?

Es sind ja gar nicht alle Seiten herausgerissen, bemerkte Tim auf einmal. „Bäh. Das ist aber ein widerwärtiger Bursche.“ Er starrte das Bild auf der einzigen verbliebenen Seite im Buch an.

„Mantikor“, las Tim. *Hm. Von denen habe ich noch nie gehört.* Auch dieses Geschöpf war aus mehreren Tieren zusammengesetzt, aber bei weitem nicht so elegant und mysteriös wie die Sphinx. Der Mantikor war einfach nur eklig. Und er sah bösartig aus. Er hatte den Körper eines Löwen, aber der Schwanz sah aus wie der eines Skorpions. Auch er hatte ein Menschengesicht, aber was für eines! In den Augen stand Wahnsinn, und das Maul war mit mehreren Zahnreihen bewehrt.

Dann las Tim in der Beschreibung, dass der Mantikor gern Menschen fraß.

„Ähem." Hinter ihm räusperte sich jemand.

Tim zuckte zusammen und ließ das Buch fallen. *Puh. Hat der Kerl eine Allergie oder so? Oder ist das mit dem Räuspern ein nervöser Tick?* Er nahm das Buch wieder auf, schlug die Deckel zu und legte es sich auf die Knie. Er entschloss sich, einfach sitzen zu bleiben und so zu tun, als störte es ihn nicht groß, dass sich der Kerl so heimlich von hinten angeschlichen hatte.

„Wie bist du hier hereingekommen?", wollte der Mann wissen.

„Ach, ich habe da so meine Tricks", erwiderte Tim. „Ich bin ja kein dummer kleiner Junge." Er legte die verknitterte Seite mit dem Einhorn auf das Buch und strich das Papier glatt.

„Ich sehe, du hast bereits mit deinen Studien begonnen", stellte der Mann fest.

„Ich schaue mir nur das Buch hier an, das ist alles." Er hob das Buch hoch, sodass der Mann es sehen konnte. „Warum tun Sie eigentlich weiterhin so, als wäre es ein wichtiges Buch, das ins Regal gehört, wo Sie doch alle Seiten herausgerissen haben? Das ist doch irgendwie dämlich."

„Ich *tue* nicht so, als wäre es ein wichtiges Buch, du freches Kind", zischte der Mann. „Es *ist* ein wichtiges Buch."

Tim warf dem Mann über die Schulter hinweg einen Blick zu. Der Mann zupfte an seinem langen Haar herum, als könnte er dadurch seine Gedanken besser sammeln. „Im Interesse der Gelehrsamkeit", sagte er – nun wieder sehr viel ruhiger –, „habe ich aus dem Band mehrere Einträge entfernt, die nun überflüssig sind, da sie sich mit Geschöpfen beschäftigen, deren Existenz meine Untersuchungen widerlegt haben."

Nun konnte Tim seinen Zorn nicht mehr im Zaum halten. Er sprang auf und ließ das Buch auf den Boden fallen. Er hielt dem Fiesling die Seite mit dem Einhorn vor die Nase. „Wie das Einhorn, meinen Sie? Sie lügen. Das Einhorn ist erheblich wirklicher als dieses hässliche *Ding* in Ihrem dummen Buch. Das auf der einzigen Seite, die Sie dringelassen haben."

„Du kränkst mich, Junge", sagte der Mann. „Wenn du solchen Unsinn redest, enttäuschst du meine Erwartungen." Er zeigte auf die Schaukästen an der Wand. „Ach, es mag durchaus sein, dass die Geschöpfe, die ich aus dem Bestiarium entfernt habe, früher einmal einem Zweck gedient haben", meinte er leichthin. Er deutete auf das Einhorn auf dem Podest hinter Timothy. „Zum Beispiel das Einhorn, das dich anscheinend so fasziniert. Freilich, das Einhorn war Thema vieler Balladen, mit denen Troubadoure so manche Milchmagd unterhalten haben. Eine hübsche Erfindung, das ist alles." Er trat so nah an Tim heran, dass dieser den stinkigen Atem riechen konnte. „Aber es ist ein Nichts", zischte er.

Tim wich ein paar Schritte vor dem Gestank zurück. „Behaupten Sie doch nicht, dass Sie nicht an Magie glauben", schnaubte Tim.

„Ich glaube an das leibliche Wohl", sagte der Mann großspurig. „Und ich glaube an mich selbst." Er verschränkte die Arme und kniff die Augen zusammen. „Aber darüber sprechen wir später."

Tim fand, dass der Mann verärgert klang. *Sehr gut. Wir werden sowieso keine Freunde werden, und offenbar bringt es mich nicht in noch größere Gefahr, wenn ich den Kerl wütend mache.* Dass er überhaupt in Lebensgefahr schwebte, wusste er ja spätestens, seit er in diesem mit Knochen übersäten Hof gelandet war.

„Ich habe dich aufgesucht, weil ich mich mit dir unterhalten wollte", sagte der Mann ungehalten. „Aber nun bin ich nicht mehr in der Stimmung dazu. Du hast mich verstimmt. – Ich werde mich jetzt kurz zurückziehen, mein Klößchen, um mir etwas Bequemeres anzuziehen."

Ein unangenehmes Lächeln breitete sich auf den Zügen des Mannes aus. Mit all den Zähnen sah das wirklich überaus grotesk aus.

Tim spürte, wie sein Herz schneller zu schlagen begann. *Dieses Lächeln. Diese Zähne!*

„Wenn ich zurückkehre, werden wir unser Spiel ein für alle Mal beenden." Der Mann drehte sich um und wollte gehen.

Das ist doch ... Tim klappte das Buch wieder auf und riss die letzte verbliebene Seite heraus. *Der Mantikor!*

„Warten Sie", rief Tim und verbarg die herausgerissene Seite hinter dem Rücken. „Es tut mir Leid. Wirklich. Ich wollte Sie nicht beleidigen."

Der Mann drehte sich langsam um. „Ach nein?" Er klang skeptisch.

Da der Spinner ihn als „lernbegierigen Schüler" bezeichnet hatte, hielt Tim es für das Beste, sich demütig und lerneifrig zu geben.

„Ich meinte nur, dass ich nicht verstehe, was Sie über

das Einhorn gesagt haben." Er wies mit dem Kopf zu dem Einhorn auf dem Podest. „Das heißt, es sieht doch ziemlich echt aus. Irgendwie dreidimensional, wenn auch ein bisschen billig gemacht." Er schaute zu Boden und zog mit der Schuhspitze einen kleinen Kreis. „Ich war nie besonders helle, ich weiß."

Der Mann trat einen Schritt näher. „Tatsächlich? Erzähl."

Tim machte auf jämmerlich. „Ich bin zweimal in Bio durchgefallen." Das war gelogen, aber Biologie war ein Thema, über das er in der letzten Zeit öfter zu stolpern schien. „Aber bitte, Sir – wenn Sie versuchen würden, es mir zu erklären. In einfachen Worten, damit ich es verstehen kann. Ich bin mir sicher, dass Sie ein besserer Lehrer sind, als mein alter Lehrer zu Hause es je werden könnte."

Der Mann klatschte entzückt in die Hände. „Das genügt, mein Engelchen. Sag nichts weiter." Er kitzelte Tim unter dem Kinn. Tim zwang sich, nicht zurückzuweichen. „Deine Erziehung lässt zweifellos zu wünschen übrig, aber du solltest dir das nicht so zu Herzen nehmen. Du hattest eben nie einen Lehrer, der diesen Namen verdient hätte – bis jetzt. Komm, mein Zuckerstückchen. Ich werde dir das Einhorn erklären."

Der Mann legte Tim den Arm um die Schultern und ging mit ihm zu dem Podest, auf dem reglos das Einhorn stand.

„Es ist bemerkenswert, muss ich sagen, dass es gerade diese Spezies ist, die deine Phantasie gefangen genommen hat", sagte der Mann, „war es doch in gewissem Sinne das Einhorn, das mich zu dem gemacht hat, was ich heute bin."

„Wirklich?" Tim musste sich anstrengen, um nicht zu würgen, wenn ihn der stinkende Atem des Mannes traf – gar nicht zu reden vom Anblick der vielen Zähne.

„Ja, wirklich, mein Püppchen. Wäre ich diesem Tier nicht begegnet, dann hätte ich vielleicht niemals meine Bestimmung noch gar meine Macht erkannt."

Tim sah schon, dass da eine lange Geschichte auf ihn zukam, ähnlich wie wenn er Tante Blodwyn in Brighton besuchte und seine Onkel sich alle verpflichtet fühlten, über ihre Kriegsjahre zu reden. Stunden um Stunden. Na gut, solange der Kerl redete, würde Tim am Leben bleiben. Und er hätte Gelegenheit, einen Plan zu entwickeln.

„Ich hatte in früheren Zeiten schlichtere Gelüste", sagte der Mann. „Man kann jedoch Unmengen von Fleisch vertilgen, nur um immer noch von Hunger geplagt zu sein." Er sagte das, als vertraute er Tim ein großes Geheimnis an. Ein ganzes Füllhorn an Weisheit. „Die Seele ist eben so viel beschwerlicher zu sättigen als der Bauch. Ich war in jenen Tagen eine tragische Gestalt. Unerfüllt, gierig nach etwas, was ich nicht kannte. Bis diese schäbige Kreatur da in mein Leben trat."

Er zeigte wie ein Zirkusdirektor, der eine neue Nummer ankündigte, mit großer Geste auf das Einhorn. Es gelang Tim, sich ganz lässig dem Griff des Mannes zu entziehen. Er konnte es einfach nicht aushalten, diese Finger auf sich ruhen zu spüren.

„Ich kann es dir nicht verübeln, dass du an das Einhorn glaubst", fuhr der Mann fort. „Als ich dieses Vieh zum ersten Mal sah, war selbst ich beinahe von seiner Wirklichkeit überzeugt."

Der Mann ging langsam um das Podest des Einhorns herum und blickte zu ihm auf, als durchlebte er noch einmal jene erste Begegnung. „Sein silbernes Fell schimmerte im Dämmerlicht, und das gewundene Horn funkelte. Erst bei genauerer Betrachtung konnte ich Einzelheiten erkennen, die mir deutlich machten, dass ein solch wunderbares Wesen nicht leben konnte. – Sagte ich *leben?"* Nun bohrte sich sein Blick tief in Tims Augen. „Ich meinte natürlich *existieren."*

Warum?, fragte Tim sich schweigend. *Warum können Schönheit und Wunder nicht Teil der Welt sein?*

Der Mann blickte wieder zu dem Einhorn auf und vollendete seine Umkreisung des Podests. „Mir wurde klar, dass der Schimmer des Fells nur von einer Schicht Quarzstaub herrührte." Er stupste das Einhorn mit der Reitgerte in die Seite. Tim zuckte zusammen. „Das arme Vieh muss sein halbes Leben damit verbracht haben, sich an sandigen Flussufern zu wälzen. Wahrscheinlich, um Ungeziefer loszuwerden. So ein Schweinigel."

Nun war er wieder bei Tim angelangt. Tim hoffte, der Mann würde nicht noch näher kommen. Der Gestank, der von ihm ausging, wurde allmählich unerträglich, und zudem plagte Tim die unangenehme Vorstellung, dass der Kerl seine Angst riechen konnte. Die meisten Raubtiere konnten das.

„Ich habe eine Theorie entwickelt. Der Mythos des Einhorns hat seinen Ursprung in einem faszinierenden Zusammenspiel von menschlicher Gutgläubigkeit und Habgier. Es funktionierte folgendermaßen: Eines schönen Tages hat ein cleverer Mensch ein Ziegenhorn am Schädel eines Pferdes befestigt und das Tier dann in Spelunken und auf Jahrmärkten zur Schau gestellt. Und alles aus dem durchtriebenen Grund, die betrunkenen Bauerntölpel um ihr sauer verdientes Geld zu erleichtern. Die Einhörner der Legenden waren dann nur mehr allesamt Abwandlungen der schlichten Gerissenheit jenes cleveren Menschen."

Der Fiesling lächelte selbstzufrieden. Tim hätte ihn am liebsten geschlagen.

„Nun, da ein solches Tier in meinen Garten spaziert war, konnte ich diese Theorie überprüfen. Zum Glück hat das Einhorn dort sein Leben ausgehaucht. Vielleicht ist ihm die Luft in meinem Garten nicht bekommen."

Ach, tatsächlich?, dachte Tim, der sich an die Haufen von Knochen in diesem Garten erinnerte. *Dieser Fiesling war sein Leben lang ein stinkender Fleischfresser. Das musste ein so wunderbares Tier wie ein Einhorn doch anwidern.*

„Ich habe es seziert. Als meine Forschungen abgeschlossen waren, konnte ich ohne jeden Zweifel beweisen, dass die Mythen falsch waren. Dann habe ich das Exemplar konserviert. Und damit meine Sammlung begonnen."

Der Mann stieg auf das Podest mit dem Einhorn und grinste höhnisch mit seinem von Zähnen starrenden Maul. „Die Augen sind wunderschön, nicht wahr?" Er schnippte mit den langen Fingern dagegen. *Pling* machte es leise. „Sie sind aus Glas."

„Hören Sie auf! Hören Sie sofort auf!", rief Tim. Er sprang auf das Podest und schlang die Arme um den Hals des Einhorns. Ihm war egal, was der Mann von ihm hielt und wie dumm er aussehen mochte. Es war ihm einfach egal.

„Ich kann das nicht länger hören", sagte Tim. „Auch nicht, um noch fünf Minuten länger am Leben zu bleiben. Das ist es einfach nicht wert. Ich werde mich vor Ihnen nicht verstecken, also machen Sie schon, was Sie wollen. Aber halten Sie den Mund. Sie sind ein Lügner und ein Monster, und Sie stinken gottserbärmlich nach verfaultem Fleisch. Sie halten sich wohl für ein verdammtes Genie. Aber in Wirklichkeit sind Sie nichts. Nichts!"

Tim klammerte sich an das Einhorn und kehrte dem Mann den Rücken zu. Er hatte keine Ahnung, was als Nächstes passieren würde.

Es wurde still. Tim zitterte vor Zorn und Angst. Er rechnete halbwegs damit, dass der Mann ihm jeden Augenblick seine drei Reihen Zähne in den Nacken schlagen würde.

Aber nichts geschah.

„Was für eine entzückende Gewohnheit von dir, immer herauszuposaunen, was du denkst, mein Zwiebelchen", sagte der Mann. „Man kann es kaum in Worten ausdrücken. Nun denn, bis bald."

Tim hörte, wie die Schritte des Mannes sich immer weiter entfernten. Eine Tür fiel zu, und Tim war wieder allein in der Bibliothek.

Na ja, nicht so ganz allein.

„Vielleicht wird er uns ja als Duo ausstellen", sagte er zu dem Einhorn. „Sobald er meine Seele und so aufgefressen hat, meine ich natürlich. Du musst zugeben, das würde irgendwie passen." Tim sprang hinunter und warf sich vor dem Podest in Positur. „Und zu Ihrer Linken, meine Damen und Herren", verkündete er mit der dröhnende

Stimme eines Jahrmarktschreiers, „gleich neben dem geflügelten Hund, haben wir ein dummes Einhorn und einen noch dümmeren Jungen."

Er lachte unbeholfen und ließ sich dann auf das Podest sinken. Er kuschelte sich zwischen die Vorderbeine des Einhorns und zog die Knie an die Brust. „Na ja, kein besonders überzeugendes Versteck", sagte er. „Aber ein guter Platz, um zu warten." Er blickte zum Gesicht des Einhorns auf. „Es stört dich doch nicht, wenn ich mit dir rede, oder? Ich will einfach nicht, dass meine letzten Worte lauten: ‚Na ja, Tim, das war wirklich blöd von dir.' Aber genau das werden sie sein, wenn ich anfange, mit mir selbst zu reden."

Tim legte das Kinn auf die Knie.

„Ich glaube sowieso nicht, dass man sich wirklich vor ihm verstecken kann. Obwohl ich mir sicher bin, dass es ihm eine Freude wäre, wenn ich es weiterhin versuchen würde. Aber die Freude werde ich ihm nicht machen." Tim schauderte. „Ich hasse es, wenn er lächelt. Eine Zahnreihe sollte eigentlich für jedermann genug sein."

Diese Zähne. Tim betrachtete das Blatt, das er aus dem Buch gerissen hatte, die letzte verbliebene Seite. *Das ist er in Wirklichkeit, oder nicht? Die Zähne haben ihn verraten. Ein Mantikor. Oder müsste es heißen,* der *Mantikor? Vielleicht gibt es ja nur einen.*

Er starrte die Seite an. *Denk nach, Tim,* ermahnte er sich. *Ein echter Magier würde nicht einfach nur hier rumsitzen. Ein echter Magier würde etwas unternehmen.*

Dennoch, er war zu nichts anderem fähig, als die Seite anzustarren. *Mach schon,* stachelte er sich an, *lass dir endlich was einfallen.* „Mein Freund John Constantine würde wahrscheinlich eine Falle aus einer leeren Zigarettenschachtel basteln", erklärte er dem Einhorn. „Zatanna würde rückwärts sprechen und so was wie *Rokitnam, ssiprev hcid* sagen. Und dann ist da noch Tamlin, der vielleicht mein Vater ist. Der sagt immer ‚Magie gehorcht der Not' und ‚Macht liegt in kleinen Dingen'."

Er reckte den Hals und schaute dem Einhorn wieder ins Gesicht. „Also, Einhorn, was wäre ein kleines Ding, das mir helfen könnte, Magie zu wirken, um aus diesem Haus zu entkommen?"

Tim drehte sich wieder um und hielt das Bild des Mantikors hoch. Er betrachtete es angestrengt, so als könnte ein neuer Blickwinkel ihm zu einer Eingebung verhelfen. „Ich könnte Nadeln in das Bild stecken oder es anzünden. Aber ich glaube, damit so was funktioniert, muss ich seinen Namen kennen. Oder würde es genügen zu wissen, *was* er ist?"

Ich könnte es ja mal versuchen. „Es gibt nur ein Problem", sagte er zu dem Einhorn. „Ich habe weder Nadeln noch Zündhölzer."

„Nadeln? Feuer? Du würdest mir heimlich einen Todesbann anhängen? Und ich dachte, wir beide verstehen uns!"

Tim schreckte hoch. Er hatte nicht gehört, wie der Mann hereingekommen war. Nur, dass er jetzt kein Mann mehr war. Ein riesiger, überlebensgroßer Mantikor stand vor ihm. Es war, als wäre das Bild aus dem Buch lebendig geworden – nur tausendfach vergrößert.

Der Kopf des Mannes hatte sich nicht verändert – das

gleiche fettige rote Haar, der gleiche groteske Mund, die gleichen drei Zahnreihen. Nur, dass sich der Kopf nun auf dem massiven Körper eines Löwen befand.

Bevor Tim sich regen konnte, hatte sich der Mantikor auch schon auf ihn gestürzt, ihn mit den Tatzen an den Füßen gepackt und vom Podest gezerrt. Die Seite aus dem Buch flog Tim aus der Hand, und er krachte unsanft auf den Boden.

„Loslassen!", schrie er und trat und schlug wie wild um sich. Indem er sich hin und her wand, versuchte er, den Mantikor von seiner Kehle fern zu halten.

Das schien den Mantikor jedoch überhaupt nicht zu stören. Er wirkte völlig ruhig. „Loslassen? O nein, gewiss nicht." Der Mantikor setzte sich auf Tim und drückte ihm dabei fast die Luft ab. Der Skorpionschwanz zuckte, und die Zähen trieften vor grünlich gelbem Gift.

„Ich hatte tatsächlich vor, dir ein wenig Bildung angedeihen zu lassen. Ich wollte den Sokrates zu deinem Platon geben, bevor ich mich an dir gütlich tue. Aber ach, du zwingst mich, es mir anders zu überlegen."

Tim kämpfte angestrengt gegen das Ungeheuer an, um es von der Brust wegzustoßen, aber der Mantikor presste ihm mit wuchtigen Tatzen die Arme auf den Boden.

„Hör auf, dich zu wehren", befahl er.

Tim war ins Schwitzen geraten, worauf eines der Handgelenke unter der schweren Tatze des Mantikors hervorrutschte. Mit der freien Hand boxte er ihm, so fest er konnte, gegen die Nase.

Der Mantikor bäumte sich brüllend auf. Tim konnte sich ein Stück weiter unter dem Ungeheuer hervorziehen, bevor es wieder auf ihn niederkrachte. Dabei riss es dem Jungen den Arm in einer großen Wunde auf. Tim sah erstaunt, wie sein Blut aus der Wunde spritzte und sich über die zerrissenen Seiten des Buchs ergoss, die auf dem Boden verstreut lagen.

„Au, das tut weh!", jammerte er. Er wollte sich zusammenkrümmen, aber der Mantikor hielt ihn wie in einer Schraubzwinge fest.

„Ich habe dir doch gesagt, dass du dich nicht wehren sollst!"

„Mantikor", sagte Tim, während die Welt sich um ihn drehte. „Ich weiß, wer du bist. Aber ich weiß auch noch etwas anderes. Mir ist gleich, was du denkst – dieses Einhorn ist echt."

Tim hörte ein lautes Wiehern. Verblüfft sah er, wie das Einhorn eine außergewöhnliche Verwandlung erfuhr. Das makellos weiße Fell des Geschöpfs fing zu schimmern an, als würde es von innen beleuchtet. Die sich deutlich abzeichnenden Muskeln zuckten und erwachten wieder zum Leben. Das Einhorn hob den Kopf und blinzelte mit Augen, die einmal aus Glas gewesen waren. Tim hatte es geschafft! Die Magie hatte tatsächlich der Not gehorcht. Und Tim benutzte diese Magie, um das Einhorn wieder zum Leben zu erwecken.

Der Menschenkopf des Mantikors fuhr herum. „Was?", rief er. „Nein! Wie ist das möglich?"

Das Einhorn bäumte sich auf. Knisternde Energie schoss durch den Raum. Funken stoben von seinem Horn auf. Als sich die beiden Vorderbeine in die Luft erhoben, sah Tim, dass das Blatt mit dem Bild des Mantikors an einem der

Hufe des Einhorns klebte. *Mein Blut,* dachte Tim. *Deshalb klebt es daran.*

Das Einhorn krachte herunter. Es riss die Mantikor-Seite mit dem Horn vom Huf ab und spießte dann den Mantikor selbst auf – mitten durchs Herz.

„Aaaaggghh!“ Der Mantikor heulte auf. Er rollte von Tim herunter und brach neben ihm zusammen.

Kapitel elf

Immer weiter flog Tamlin, ungewiss, wie und wo er sein Jagdwild, den Verursacher dieses Albtraums, aufspüren sollte. Aber auf einmal fing alles an, sich zu verändern.

Voller Erstaunen kreiste Tamlin über dem Land. Er sah, wie Blüten aus Felsen brachen und Flüsse plötzlich über die Ufer traten. Es war, als würde ein Schwarzweißbild mit funkelnden Farben überzogen.

„Wer hätte darauf noch zu hoffen gewagt?", rief er. „Das Land wird wieder es selbst! Aber wie ist das geschehen?" Nun hatte Tamlin ein neues Ziel – den großen Magier zu entdecken, der dieses Wunder gewirkt hatte, der einen Bann aufgehoben hatte, gegen den selbst Titania nichts hatte ausrichten können.

Aus der Luft konnte Tamlin erkennen, von wo diese segensreiche Magie ausging. Die wunderbaren Veränderungen ergossen sich aus einer einzigen Quelle.

Tim hatte Durst. Riesigen Durst. Noch nie im Leben hatte er solchen Durst gehabt. Nicht mal beim Sport. Nicht mal, nachdem er lange Skateboard gefahren war. Nicht mal mitten im Sommer.

Etwas stupste ihn. Langsam öffnete er die Augen und

blinzelte ein strahlend weißes Einhorn an, das auf ihn herabschaute. Das wunderschöne Geschöpf hatte Tim sanft mit dem Horn angestoßen.

„Oh, du bist es“, sagte Tim. „Ist es okay, wenn ich hier noch ein bisschen liegen bleibe? Nur, bis alles aufhört, sich zu drehen? Danke.“

Moment mal. Sollte ich nicht gerade schreckliche Angst haben? Kämpfe ich nicht mit der garstigen Kreatur um mein Leben? Ach ja … Es fiel ihm wieder ein.

„He, wo ist der Mantikor?“, fragte Tim das Einhorn. „Er war doch gerade noch – au!“ Das Aufrichten tat weh. In sitzender Position konnte er jetzt auch den Mantikor sehen. Nur, dass es nicht mehr genau der Mantikor von ehedem war. Er hatte sich in einen Sandhaufen verwandelt, und nur noch die Umrisse des Mantikors waren zu sehen.

„Ach, da ist er ja“, murmelte Tim. Er schaute das Einhorn an. „Wie hast du das angestellt? Nicht, dass ich mich groß beschweren will.“ Tim beugte sich über den Haufen Mantikor-Staub.

„Ha! Das Einhorn hat dich wirklich erwischt“, verhöhnte Tim die Kreatur. „Oder haben wir es gemeinsam zustande gekriegt? Egal, geschieht dir jedenfalls ganz recht, Sokrates.“

Langsam und zittrig kam er auf die Beine. Er musste sich beim Einhorn abstützen, um nicht wieder umzufallen. Weiterhin den blutenden Arm umklammernd, sah er sich um.

Die Knochenhaufen im Garten waren verschwunden. Er barst beinahe vor Blüten. Auch der Gestank hatte sich verflüchtigt, und süße Düfte wehten nun mit einer sanften Brise herein. Die Backsteinmauer, die endlos in die Höhe hatte wachsen können, wies mit einem Mal einen Torbogen auf. Tim und das Einhorn schritten hindurch.

„Sieh dir das an", flüsterte Tim. Wogende grüne Hügel lagen vor ihnen. So schwach Tim auch war, er musste einfach in das hohe Gras hinausgehen und sich das ansehen. Der Mantikor hatte also nicht gelogen. Tim war wirklich im Feenreich, und nun wurde alles rings um ihn herum wieder gesund.

„Cool!", rief er.

Dann spürte er plötzlich, wie auch der letzte Rest seiner Kraft aus ihm heraussickerte, und brach zusammen.

Tamlin schlug mit den kräftigen Flügeln und erreichte schnell den Augsangspunkt der Magie. Das Herz schlug ihm bis zum Hals.

Es war das Kind. Aber der Junge war nicht allein. Er wurde vom reinsten aller Geschöpfe bewacht: dem Einhorn.

Was macht Tim hier?, fragte sich Tamlin. *Wie ist er hierher gekommen?* Dann dämmerte es ihm. *Ich habe ihm den Öffnungsstein gegeben, und er hat sich damit einen Weg in die hiesige Welt gebahnt. Das hätte ich eigentlich wissen müssen. Die Prophezeiungen* sind *wahr. Mein Kind lebt, und es ist voller Magie.*

Tamlin landete und verwandelte sich in einen Menschen. Das Einhorn neigte das Horn zu einer kurzen Begrüßung und galoppierte dann davon.

Tamlin kniete sich neben dem bewusstlosen Jungen nieder. „Timothy", sagte er und rüttelte den Jungen wach.

„Eine Cola", murmelte Tim. Er spürte Hände – Menschenhände –, die ihn sanft auf den Rücken drehten.

„Tim, du glühst ja, Kind!"

Tim starrte zu einem Gesicht hoch. *Ich kenne dieses Gesicht irgendwoher, oder? Ja. Langes glattes Haar, braune Augen. Markante Wangenknochen. Was hatte Tamlin da gerade gesagt? Ach ja.* „Nein, ich glühe nicht. Mir ist kalt. Mir ist schon stundenlang kalt."

Tamlin nahm Tim in die starken Armen und zog ihn hoch. Nachdem er ihn kurz gedrückt hatte, lehnte er ihn behutsam etwas aufrechter an einen Felsen, damit es ihm das Atmen erleichterte. Tim hing erschöpft hintenüber an dem Felsen. Jedes Atemholen kam nur flach, jedes Ausatmen brannte.

Er wollte sprechen, um Tamlin alles zu erzählen, was er getan hatte, fand aber nicht die Kraft dazu. Diesen Mantikor zu besiegen und dann zu sehen, wie daraufhin das gesamte Feenreich wieder erblühte, war wunderbar. Er war sich sicher, dass auch Tamlin das so sah. Tim wollte, dass Tamlin stolz auf ihn war. Er konnte sich allerdings nicht mehr erinnern, warum er das wollte.

„Wir haben diesen alten Mantikor erledigt", sagte Tim, als er endlich genug Luft zum Reden bekam. „Ich und das Einhorn."

Warum tat das Sprechen so weh? Warum kostete ein derart leises Geräusch so viel Anstrengung?

„Jedenfalls glaube ich, dass wir das waren."

„Mantikor?", sagte Tamlin. „Du hast den Mantikor gesehen? Hier?"

Tim fand, dass Tamlin irgendwie klang, als würde er

gleich ausflippen. Na ja, die ganze Sache war schon ziemlich zum Ausflippen gewesen.

„Mhm", antwortete er. „Mann, ist der grässlich hässlich. *War* es, wollte ich sagen. Bevor er sich in Staub verwandelt hat."

„Tim, hat er dich gebissen oder gekratzt oder gestochen?"

„Ich glaube schon. Keine Ahnung."

Tim hatte das Gefühl, dass Tamlins Stimme jetzt irgendwie finster klang. *Vielleicht sollte ich mal die Augen aufmachen, um zu checken, was für ein Gesicht er macht.* Seine Lider flatterten. *Nein,* beschloss er. *Zu schwer.*

„He, ich wollte dich irgendwas fragen", murmelte er. „Was Wichtiges. Kann mich aber einfach nicht mehr daran erinnern."

Er spürte Tamlins kräftige Hände, als dieser ihn untersuchte. Er klopfte erst Tims Beine ab und drehte danach dessen Kopf erst in die eine, dann in die anderer Richtung.

„Ich habe den Stein, den du mir gegeben hast, nicht verloren", sagte Tim. Vielleicht war es ja das, wonach er suchte. Er wollte nicht, dass Tamlin dachte, er wäre achtlos mit dem Stein umgegangen.

Tamlin rollte Tims Ärmel hoch. „Ihr Götter!", rief er und packte den Arm an einer Stelle, wo es ganz schön wehtat. „Wie tief diese hässliche Wunde ist!"

„Schon okay", sagte Tim mit schwacher Stimme. „Tut nicht mehr weh. Nicht mehr so viel."

Tamlin hielt Tims Arm weiter fest. „Wie lange ist das her, Kind? Wann hat er dir die Verletzung beigebracht?"

Tim riss den Arm los und schlug die Hände vors Gesicht. Die Sonne war so grell, dass sie ihm in den Augen wehtat, obwohl er sie geschlossen hatte. Er spürte einen Lachreiz in sich aufsteigen, konnte sich aber nicht erklären, wieso. „Also, ich habe es gerade herausgefunden. Ehrlich. Ich weiß jetzt, was die Welt zusammenhält. Nur, dass es kein Was ist. Eigentlich noch nicht mal ein Es. Es ist das Leben … und der Tod."

Das grelle Licht trübte sich. Die Dunkelheit, die ihn nun umgab, war viel angenehmer. Vor dem schwarzen Hintergrund konnte Tim eine Gestalt erkennen. Eine vertraute Gestalt. „Sie ist so schön. So schön."

Eine junge Frau in einem schwarzen ärmellosen Top und schwarzen Jeans, die einen Ankh-Anhäger an einem schwarzen Band um den Hals trug, stand lächelnd vor Tim. Er erinnerte sich an sie. Er hatte sie am Ende des Universums kennen gelernt, als ihn der verrückte Mister E dorthin gebracht hatte.

Na ja, wenigstens ist sie mir nicht total fremd, dachte er. Endlich entspannte er sich und ließ sich fallen … ins Nichts.

Kapitel zwölf

Tim fühlte sich steif und groggy. *Kein Wunder,* dachte er. *Ich hocke ja auch in einer Ecke eingezwängt auf dem harten Boden. In einer Ecke in einer Wohnung.*

Er schnellte mit einem Mal beunruhigt in die Höhe. Wo bin ich hier? Er blinzelte ein paarmal, um einen klareren Kopf zu bekommen, und sah sich um. *Sieht wie eine ganz gewöhnliche Wohnung aus,* stellte er fest. Aber ihm fiel ein, dass man dem äußeren Schein ja nicht immer trauen konnte. Er schüttelte den Kopf. Wo hatte er den Spruch schon einmal gehört? Na gut. Er würde sich nicht erinnern können. Das wusste er jetzt schon.

Tim bemühte sich, mögliche Gefahren wahrzunehmen, aber er war zu desorientiert, um überhaupt etwas zu spüren. Er lehnte sich gegen die Wand hinter sich.

Eine große, schlanke junge Frau mit sehr weißer Haut und blauschwarzem Haar stand vor ihm. Wo kam die auf einmal her? War sie schon die ganze Zeit da? Er blickte wirklich nicht mehr durch.

Die Frau sah nicht viel älter aus als zwanzig, und sie kam ihm irgendwie bekannt vor. Tim strengte sich an, sie irgendwo einzuordnen.

„Ach. Du“, sagte er schließlich. „Du bist es doch, oder?“

Das Mädchen vom Ende der Zeit. Ein Junge konnte ein so hübsches Mädchen nicht so schnell vergessen – besonders, wenn er ihm an einem solch bemerkenswerten Ort und unter bemerkenswerten Umständen begegnet war.

Das Mädchen lächelte. „Ja, ich bin's. Die ganze Zeit, und noch ein bisschen länger", erwiderte sie. „Möchtest du einen Tee? Ich habe gerade Wasser aufgesetzt."

Ein schrilles Pfeifen erklang hinter einem schmuddeligen Vorhang, der vor dem Durchgang zu einem angrenzenden Raum hing. „Ups", sagte das Mädchen. „Schon fertig. Wenn man guten Tee will, darf man das Wasser nicht zu lange kochen lassen."

„Ehrlich?" Das hatte Tim noch nie gehört. Nicht, dass er überhaupt ein großer Teetrinker war.

„Und ob." Das Mädchen verschwand hinter dem Vorhang. „Alles, was gut sein soll, braucht richtiges Timing. Kommst du?"

Tim rappelte sich hoch, schob den Vorhang beiseite und kam in das Zimmer, das den Hauptteil der Wohnung auszumachen schien. Die „Küche" befand sich an der Wand dieses einen Wohnzimmers – ein Herd, ein Kühlschrank und eine Spüle. Der ganze Raum war ziemlich unaufgeräumt. In der Spüle türmte sich schmutziges Geschirr, und überall lagen unordentlich Kleidungsstücke herum. Das Mädchen ging zum Herd und stellte das Gas ab. Das Kesselpfeifen verstummte.

„Das klingt vielleicht wie 'ne dumme Frage, aber ..." Tim brach ab. Er wusste zwar, was er herausfinden wollte, aber nicht so recht, wie er fragen sollte. Er war immer noch dabei, sich zu orientieren. Irgendwie fühlte er sich völlig neben den Schuhen.

Das Mädchen kramte in den Schränken herum, holte schließlich eine Teedose heraus und warf die Teebeutel in zwei Becher. Tim fragte sich, ob die Becher auch sauber waren.

„Die einzigen dummen Fragen sind die, zu denen man bereits die Antwort kennt", sagte das Mädchen. „Aber manchmal ist es total normal, auch die zu stellen. Also frag schon."

Etwas an der offenen Art des Mädchens beruhigte Tim. Von allen Menschen, denen er je begegnet war, schien sie sich in ihrer Haut am wohlsten zu fühlen. Sie strömte die gleiche Art von Wärme aus, die er bei Zatanna, der Magierin in Kalifornien, gespürt hatte. Und selbstverständlich bei Molly. Wenn er es zuließ, das zu spüren.

„Na gut, also, wo ..." Tim brach wieder ab. Eigentlich brauchte er nicht zu wissen, wo er war. Da gab es eine viel wichtigere Frage. „Was ich mich wirklich frage, ist ... wer bist du?"

Das Mädchen griff nach dem Kessel und goss kochendes Wasser in die beiden Becher. Danach hob sie einen der Becher ans Gesicht und atmete den Dampf, der daraus aufstieg, tief ein. „Mmh. Manchmal koche ich mir das Zeug nur wegen dem Duft. Riecht mehr nach Mandeln als richtige Mandeln." Sie reichte Tim den anderen Becher. „Findest du nicht auch?"

„Danke", sagte er und nahm den Becher entgegen. Er schnüffelte daran und tat anerkennend so, als würde er besagten Duft auch riechen. Sie hatte seine Frage immer noch nicht beantwortet. *Warum nur versucht sie Zeit zu schinden?*

„Keine Ursache." Sie nahm einen Schluck Tee. „Also, ich habe viele Namen, Tim. Selbst wenn ich mich auf die beschränken würde, die mir am liebsten sind, würde es eine Ewigkeit brauchen, sie alle aufzuzählen. Aber wer ich *bin?* Das ist leichter zu sagen. Ich bin Death – der Tod."

Tim prustete los. Er konnte einfach nicht anders. Lautes, herzhaftes Lachen. Er hoffte, dass sie das nicht beleidigte, aber er versuchte nicht einmal, sich zu bremsen.

Endlich verebbte das Gelächter zu einem leisen Gekicher. Das Mädchen hatte die ganze Zeit über nicht den Blick von ihm gewendet. Auf einmal bekam er weiche Knie und ließ sich auf ihr Sofa sacken.

„Sagtest du Tod? So mit Totenköpfen und Gerippen und allem?" Er betrachtete sie noch einmal eingehend. Sie war gekleidet wie ein Gothic-Mädel – vielleicht benutzte sie „Death" nur als ihren Cliquennamen oder so. Sie konnte doch unmöglich behaupten, dass sie leibhaftig der Sensenmann – na ja, die Sensenfrau – war, oder?

„Im Allgemeinen habe ich mit Schädeln in etwa so viel zu tun wie ein durchschnittliches Huhn mit Soufflés. Lass dir das mal durch den Kopf gehen."

Tim warf ihr einen Seitenblick zu und blies dann auf seinen Tee, um ihn weiter abzukühlen. Er trank noch einen Schluck, und plötzlich kamen ihm die Bilder. Der Mantikor. Eine Risswunde an seinem Unterarm. Brennender Schmerz. Blut. Fallen. Dunkelheit. Ihr Gesicht.

„Oh", flüsterte er. „Jetzt erinnere ich mich." Vorsichtig stellte er den Becher auf den niedrigen Tisch vor sich, damit er ihm nicht aus der Hand glitt. „Du bist es wirklich." Diesmal war es eine Feststellung, keine Frage. „Deshalb warst du auch am Ende des Universums."

Death nickte.

Tim wurde kalt. Er beugte sich vor und stützte die Ellbogen auf die Knie. „Werde ich etwas spüren?", fragte er leise.

„Tim, immer relaxt bleiben", sagte Death.

„Du hast leicht reden", stieß Tim hervor. „Immerhin bis nicht du diejenige, die hier stirbt."

„He, du kannst dich an Cavendish anlehnen, wenn du willst", schlug ihm das Mädchen vor, „oder ihn halten. Für solche Gelegenheiten ist er genau der Richtige."

„Cavendish?" Er sah sie blinzelnd an. Was redete sie da?

„Er ist direkt hinter dir. Warte." Sie griff hinter Tim, zog dort einen Teddybären hervor und reichte ihn ihm. „Er ist vielleicht nicht der klügste Bär der Welt, aber er weiß zumindest, wann man lieber den Mund hält."

Tim starrte den Teddy an. Hatte sie den Verstand verloren? Was sollte er mit einem dummen Stofftier anfangen? Er wollte sie jedoch nicht verärgern. Da sie der Tod war, konnte das möglicherweise ernsthafte Folgen haben, also setzte er sich den Teddy auf den Schoß.

„Tut mir Leid, Tim", sagte sie. „Ich dachte, du würdest eine Weile länger brauchen, um dahinter zu kommen. Du hast es aber so schnell begriffen, dass ich keine Gelegenheit hatte, dich richtig vorzubereiten." Sie zauste sein Haar. „Du hast wirklich eine herzhafte Lache. Als ich dir gesagt habe, wer ich bin, und du losgeprustet hast, hätte ich für einen Augenblick beinahe vergessen, dass du ein Magier bist."

Was sollte das denn heißen?, fragte sich Tim. *Haben Magier keinen Sinn für Humor? Oder hat sie gemeint, dass das Leben eines Magiers so voller Schmerz, Verwirrung und Tragödien ist, dass er nichts zu lachen hat?* Er schob diesen Gedanken jedoch beiseite, weil es ihm wichtiger erschien, sich um das zu kümmern, was im Augenblick anstand.

„Also, sehen wir mal, ob ich das richtig verstanden habe", sagte Tim bedächtig. Er stellte fest, dass er den Teddy unwillkürlich ein bisschen fester umklammert hielt. „Ich bin tot. Komisch. Ich dachte immer, da wäre mehr dran."

„Du bist nicht tot, glaub mir." Das Mädchen tätschelte ihm das Knie. „Ich wüsste es, wenn du tot wärst. Aber du bist ziemlich nahe dran, sonst hätte ich dich auch nicht herbringen können. Jedenfalls nicht so leicht."

„Du hast mich hergebracht?"

Das Mädchen nickte. „Mhm. Mantikor-Gift ist was ziemlich Fieses. Entspricht eben ganz diesen Mantikoren. Wenn du jetzt in deinem Körper wärst, hättest du mörderische Schmerzen. Und damit meine ich nicht nur, dass es irgendwie wehtut."

„Aber ..." Tim bemühte sich, seine Gedanken zu sammeln. „Du meinst, du hast mich hergebracht, damit ich nicht leide? Das ist absurd."

Das Mädchen sah verwirrt drein. „Warum?"

Es kam Tim so offensichtlich vor – warum begriff sie es nicht? „Na ja, natürlich, weil du der Tod bist."

„Daran ist nichts Absurdes", erwiderte das Mädchen.

„Tod und Leiden gehen nicht unbedingt Hand in Hand. He, tu uns beiden einen Gefallen, ja?“

„Äh, klar.“ Was konnte sie wohl von ihm wollen? Inzwischen war er auf alles gefasst.

„Lass den Tee nicht kalt werden.“ Sie grinste.

Tim grinste zurück. Sie war witzig, und irgendwie mochte er sie, selbst *wenn* sie der Tod war.

Sie schien ihn eingehend zu mustern. „Du kommst ganz schön rum“, sagte sie dann. „Sogar für einen Magier.“

Tim stellte den Becher ab. „Mir wär's lieber, du würdest mich nicht immer so nennen.“

„Also gut. Du kommst ziemlich viel rum. Punkt. – Was führt dich eigentlich ins Feenreich?“

„Ach.“ Er nestelte an einem Fuß des Teddys herum. „Ich habe nur … nur versucht rauszufinden, wer mein wirklicher Vater ist. Es ist irgendwie … irgendwie …“ Die Stimme versagte ihm. „Kompliziert“, fügte er noch knapp hinzu. *Nein,* ermahnte er sich und grub die Fingernägel in die Handflächen. *Ich werde jetzt nicht losheulen.*

Er spürte einen dicken Kloß in der Kehle, den er, ganz gleich, wie oft er schluckte, nicht hinunterwürgen konnte. Die Tränen traten ihm in die Augen, und alles vor ihm verschwamm. Es war ihm peinlich, vor ihr zu flennen. Sie würde ihn für eine Heulsuse halten. Er beugte sich vor, um das Gesicht zu verbergen, und drückte dabei krampfhaft den Teddy auf seinem Schoß zusammen. Er strengte sich so sehr an, das Schluchzen in der Brust einzuklemmen, dass ihm die Schultern bebten. Aber ihm war klar, dass sie sehen konnte, wie er weinte. Es war eigentlich sinnlos, so zu tun, als wäre es nicht so.

„Das ist … das ist dämlich", schluchzte er. Er setzte die Brille ab, wischte sich übers Gesicht und starrte dann die nassen Fingerspitzen an. „Die Tränen sind nicht mal echt, oder? Ich stelle mir nur vor, dass ich weine."

„Hm, ich weiß nicht", sagte Death. „Ich finde, die sehen ganz wie echte aus." Sie lehnte sich gegen die Armlehne des Sofas und zog die Füße unter sich. „Warum erzählst du mir nicht von dieser Vater-Geschichte?"

„Habe ich denn Zeit dazu?" Er war ja noch nie mit dem bevorstehenden Ableben konfrontiert gewesen und hatte deshalb keine Ahnung, wie lange so was dauern würde.

„Wir haben Zeit."

Tim wischte sich noch mal das Gesicht mit dem Ärmel ab und setzte sich danach die Brille wieder auf. Er räusperte sich ein paarmal. „Du willst nur möglichst nett zu mir sein. Danke, aber ich muss nicht darüber reden. Ist schon in Ordnung." Er setzte den Teddy zwischen sich und Death aufs Sofa. Er wollte nicht wie ein kleines Baby aussehen, das ein Stofftier zum Festklammern brauchte.

„Na ja, ich versuche nicht gerade, *nicht* nett zu sein, das gebe ich zu. Aber ich habe wirklich gefragt, weil ich es gern wissen möchte. Also, um was geht es bei dieser Geschichte?"

Tim seufzte. Wie konnte er ihr das alles nur erklären? Er konnte es ja selbst immer noch nicht verstehen.

Tamlin saß neben Timothy Hunters steif werdendem Körper. Die Haut des Jungen wurde immer blauer, und die Gliedmaßen verkrümmten sich zusehends, je mehr das Gift sich seinen Weg durch den Organismus bahnte.

Das Kind hat … Tamlin hielt inne. *Was sage ich da? „Das Kind?" Mein* Sohn *natürlich. Mein Sohn hat das Land wieder erweckt. Mein Sohn hat einen Bannkreis durchbrochen, den Titania selbst nicht hat aufheben können. Er hat einen Gegner zu Fall gebracht, den kein Recke des Feenreichs je herauszufordern wagte. Und er hat einen schrecklichen Preis dafür bezahlt. Das Gift des Mantikors brodelt in seinem Blut. Und es ist noch kein Heiler geboren worden, der ein solches Verderben hat aufhalten können. Er wird bald sterben.*

Tamlin konnte das nicht zulassen. Er musste etwas unternehmen – irgendetwas. Er beugte sich über Tim und sprach die Worte der Verwandlung.

„Fleisch von meinem Fleisch, sei, was du sein musst, wenn ich dich tragen soll", sagte Tamlin und nutzte die Magie, die ihn umgab, die Magie des Feenreichs. „Bei unserem Blute, Atem von meinem Atem, forme dich, wie auch mir es gegeben ist." Tamlin bewegte die Hände und spürte, wie sich die Energien mischten. Der Umriss des sterbenden Jungen schimmerte, als er seine menschlichen Begrenzungen verlor. Die Moleküle und Atome arrangierten sich zu einer neuen Gestalt, einer Gestalt, mit der Tamlin weiter verfahren konnte.

Timothy Hunter verwandelte sich langsam in eine Falkenfeder.

Sobald das geschehen war, nahm Tamlin, sein Vater, die Gestalt eines Falken an. Er packte den Kiel der Feder mit dem Schnabel, flatterte auf und erhob sich in den Himmel.

Während Tamlin dahinflog, dachte er über die bemerkenswerte Veränderung seiner selbst nach. *Der Junge war für mich ein Fremder. Dreizehn Jahre seines Lebens und drei-*

hundert von meinem Leben habe ich keinen einzigen Gedanken an ihn verschwendet. Aber jetzt …

Liegt es daran, dass ich ihm von Angesicht zu Angesicht gegenübergetreten bin? Mit ihm gesprochen habe? Ihn geprüft habe? Wann habe ich angefangen, ihn besser kennen lernen zu wollen?

Tamlin flog so geschwind, dass er in kurzer Zeit große Entfernungen zurücklegte. Er wusste, dass er sich beeilen musste.

Er hat mich durchschaut. Als ich damit beschäftigt war, ihn zu beurteilen, hat er kein Messer gebraucht, um mich ins Herz zu treffen. „Vergehen Sie immer so in Selbstmitleid?", hat er mich gefragt. Und ich habe ihn geschlagen, weil ich wusste, dass er eine Wahrheit erkannt und ausgesprochen hatte. Ich hätte ihm stattdessen danken sollen.

Das Neugeborene, das er einmal war – und an das ich seit damals nie wieder gedacht habe –, ist zu einem Jungen herangewachsen, dessen Augen das Dunkel durchdringen, wie meine es nie vermocht haben und auch nie werden tun können. Wie gern würde ich doch den Mann kennen lernen, zu dem dieses Kind werden wird. Hätte werden können.

Als Tamlin die Palastgärten erreichte, ging er in einen Sturzflug über und landete schließlich Titania unmittelbar zu Füßen. Er legte die Feder sanft auf dem Rasen ab und nahm dann wieder Menschengestalt an.

„Tamlin!", rief Titania. „O Tam, du hast es geschafft!" Sie umarmte ihn und drückte sich an ihn. Er konnte spüren, wie das Leben sie wieder durchfloss, wie damals, als sie einander das erste Mal begegnet waren. Bevor alles zunichte gemacht wurde. Vor den Bannkreisen. Bevor der

Mantikor das Leben aus dem Land gesaugt hatte. Sie war nun ebenso geheilt wie das Feenreich.

„Alles ist wieder so wunderschön!", rief sie. „Der Garten so lebendig. Und die Rosen flüstern einander Geheimnisse zu." Sie strich Tamlins Arm entlang und ergriff dann seine Hände. „Eilen wir gemeinsam in den Rosengarten, Tamlin! Ich möchte, dass auch du sie hörst. Du und kein anderer."

Tamlin schob sie sanft von sich weg. „Nicht ich bin derjenige, der Euer Land des Zwielichts wieder geheilt hat. Ihr schuldet mir für Eure Erlösung keinen Dank. Ein anderer hat mit einem hohen Preis dafür gezahlt."

„Wen meinst du da?", fragte Titania. „Und von welchem Preis sprichst du?"

Tamlin ließ Titania los und schaute zu Tim hinüber, der immer noch als Feder auf dem Rasen lag. Dann benutzte er seine Gabe, um den Jungen wieder in dessen verkrampfte, gequälte, leidende wahre Gestalt zurückzuverwandeln. Er trat beiseite, damit Titania ihn sehen konnte.

„Gnädige Götter!" Titania schnappte nach Luft und sank neben Tim auf die Knie. „Das Kind! O Tamlin. Die Prophezeiungen entsprachen der Wahrheit."

Tamlin schaute seine einstige Liebste an und sah sie weinen. Sie blickte zu ihm auf, und ihre Augen blitzten mit einem Mal vor Zorn. „Wer hat ihm das angetan?", fragte sie erbost.

„Der Junge phantasierte im Delirium, als ich ihn gefunden habe, Herrin. Aber er gab mir Grund zu der Annahme, dass er gegen den Mantikor gekämpft hat."

„Der Mantikor", sagte Titania. „Erzähl mir mehr."

Tamlin kniete sich neben sie. „Ich habe den Jungen hergebracht, damit er geheilt wird. Die Geschichte kann warten."

„Ich wiederhole mich ungern", sagte Titania streng. „Sag mir, was du weißt."

Warum konnte sie Tim nicht einfach ihre Hilfe angedeihen lassen? Wozu brauchte sie eine Erklärung? Lieferte ihr eine Erklärung vielleicht wichtige Einzelheiten, die sie zum Heilen brauchte? „Wie Ihr wünscht", sagte er. „Das Dahinwelken des Landes war nichts als das Werk des Mantikors. Die Bannkreise, die Ihr nicht habt lösen können, hatten ihn zum Ursprung. Der Junge ..."

„Der *Junge?*", wiederholte Titania zornig. „Er heißt Timothy."

Tamlin war über ihre Heftigkeit erstaunt, aber falls sie dank einer missverstandenen Verbindung zwischen sich und dem Jungen glaubte, sie hätte Grund dazu, würde sich das nur zu seinen Gunsten auswirken. Zu seinen und denen des Jungen.

„Timothy hat den Mantikor getötet. Wie, darüber kann man nur Vermutungen anstellen. Ich fand ihn verwundet, ohne eine Möglichkeit zu sehen, ihn selbst zu heilen. Also habe ich ihn zu Euch gebracht."

Titania schaute den Jungen traurig an. „Gegen den Biss der Schlange und den Stachel des Skorpions gibt es wirksame Tinkturen. Gegen den Atem des Dämons und den Speichel der Alraune gibt es Zaubersprüche. Aber beim Gift des Mantikors gibt es keine Heilung. Keine, Tam. Es tut mir so Leid."

Sie stand auf und nahm Tamlin an der Hand. Diesmal schüttelte er sie nicht ab. Er wusste, dass sie ihn trösten wollte, fragte sich aber, ob Trost überhaupt möglich war. Er konnte sehen, wie hinter ihr weiterhin die Pflanzen erblühten und Geschöpfe, die er seit Jahren nicht mehr zu Gesicht bekommen hatte, im üppigen Gras freudig herumtollten.

„Ich teile deinen Schmerz, Tamlin", sagte Titania. „Aber er war geboren, um zu sterben, so wie alle Erdenmenschen. Das sterbliche Blut in ihm – dein Blut – macht es unabwendbar." Traurig schüttelte sie den Kopf. „Es scheint, als würde euer Geschlecht kaum leben. Die Menschen streifen nur kurz die Oberfläche der Zeit und verschwinden dann wieder, ohne Spuren zu hinterlassen, nicht anders als Eintagsfliegen." Sie ließ Tamlins Hand los und beugte sich wieder über Tim. „Wäre er nur im Feenreich aufgewachsen! Das Land und ich hätten eine Möglichkeit gefunden, die Grenzen zwischen denen von eurer Art und meiner zu verwischen."

Das war nicht das, was Tamlin hören wollte – wie die Dinge hätten anders sein können. *Die Dinge sind, wie sie sind.*

Titania drehte sich zu Tamlin um. „Wo, sagst du, hat er den Mantikor getötet?", fragte sie.

„Warum?"

„Du überraschst mich, Tamlin", sagte Titania schnippisch. „Das Feenland erwacht dank Timothys Mut wieder zu Leben. Wir sollten sein Opfer feierlich würdigen. Am Ort seines Sieges werden wir ein Denkmal zu seinen Ehren errichten. Am Ort seines Triumphs."

Als Tamlin jetzt seinen Sohn betrachtete, diese unter Qualen verrenkte, bläulich verfärbte Leibeshülle, sah er nichts als Verschwendung, einen Junge, der nie zum Mann heranwachsen würde. Das Ganze mochte ein Sieg für die Magie gewesen sein, für das Feenreich, und Tim mochte über ein Ungeheuer triumphiert haben, aber wie sollte das für Tamlin ein Grund für Feierlichkeiten sein? Ehre war zu teuer verdient, wenn man bei ihrer Erlangung nicht überlebte, um sich daran erfreuen zu können.

Aber er behielt seine Gedanken für sich. Er nickte nur kurz und hob den Jungen dann hoch. Den Jungen, der so viel erreicht hatte, wo es ihm, seinem Vater, versagt gewesen war.

Kapitel dreizehn

Death wartete immer noch. Tim hatte schon seit geraumer Zeit kein Wort mehr gesagt. Er ging davon aus, dass es keinen Sinn hatte, ihr seine Geschichte zu erzählen. Warum sollte er also?

„Als ob dich das irgendwie kratzen würde", murmelte er. „Ach, tut mir Leid. Mir ist im Augenblick einfach nicht danach, jemandem die ewige Langeweile zu vertreiben", sagte er. Er verschränkte die Arme und starrte geradeaus.

„Wie bitte?" Death schien gekränkt zu sein und erhob sich. „Du willst nicht mit mir reden? Na gut. Aber ich verrate dir mal was, Freundchen. Ich mag es nicht besonders, wenn man mich beleidigt." Sie griff nach ihrem Teebecher und trug ihn zur Spüle. Dort drehte sie das Wasser auf und machte sich an den Abwasch.

Tim bedauerte seine Worte sofort. Er stand auf und blieb unsicher hinter ihr stehen. „Miss?" Er brachte es immer noch nicht über sich, sie mit „Death" anzusprechen. „Ich wollte dich nicht kränken."

„Meinst du das ehrlich?" Sie schrubbte heftig mit einem Topfkratzer an einem Topf herum.

„Also … ja. Ehrenwort."

Death drehte den Wasserhahn wieder zu und trocknete sich die Hände mit einem fleckigen Geschirrtuch ab. Ohne Tim weiter zu beachten, ging sie zu einer doppelten Lamellen-Falttür. Tim nahm an, dass dahinter einmal eine Speisekammer gewesen war, die sie in einen großen begehbaren Schrank umgewandelt hatte. Er war neugierig, was sie wohl dort drinnen verbarg. Die Leute sprachen ja auch manchmal davon, dass jemand „Leichen im Keller" hatte. So was wäre hier natürlich ausgesprochen angemessen. Er kämpfte gegen ein albernes Kichern an.

„Bleib ein Stück zurück", sagte Death und zog die beiden Flügel der Tür auf.

Tim tat, wie ihm geheißen. Er hatte keine Vorstellung, was ihm aus Death' Abstellkammer entgegenspringen mochte.

Death duckte sich, weil ein alter Toaster und ein Stiefel von einem der oberen Regale herabpurzelten, die sie beinahe getroffen hätten.

„Mann", rief Tim, „das ist das voll gestopfteste Kabuff, das ich je gesehen habe."

„Du solltest mal den Schrank in meinem Schlafzimmer sehen", sagte Death. „Also, was die Frage angeht, die dir so auf dem Herzen brennt, dass du deshalb wie ein fahrender Ritter auf der Suche nach dem Heiligen Gral umherziehst ... Es stört dich doch nicht, wenn ich es so bezeichne, oder? Ich weiß, dass du ein bisschen empfindlich bist, was bestimmte Begriffe mit magischem Bezug angeht."

„Nein, es stört mich nicht", versicherte ihr Tim. „Bist du immer noch sauer auf mich?" Er gaffte weiterhin in die Kammer. Er konnte es einfach nicht fassen, wie viel Krempel dort hineingepfercht war. „Äh, sind das alles Hüte?"

„In den Hutschachteln? Nein. Da drin ist überwiegend alter Kram." Death ging in die Hocke und fing an, Koffer, Aktenordner und Hutschachteln beiseite zu schieben. Offensichtlich suchte sie etwas Bestimmtes.

„Nicht gerade sauer, Mr. Sarkasmus, aber ich habe dir auch noch nicht verziehen." Ächzend schob sie eine der Kisten tiefer in die Kammer hinein und warf Tim dann über die Schulter einen Blick zu. „Du könntest dich ja vielleicht entschuldigen. Das wirkt manchmal Wunder."

„Ach so, na klar. 'tschuldigung." Er setzte sich hinter sie auf den Boden. „Es tut mir echt Leid."

„Akzeptiert." Sie bedachte ihn einmal mehr mit diesem Lächeln, das so strahlend war, dass man tot umfallen könnte. *Das ist wirklich gut,* dachte Tim. *Tot umfallen.* In seiner derzeitigen Lage gab es wirklich jede Menge Gelegenheiten für schauerliche Wortspiele. Genau die Art von Witzen, für die Molly ihn immer gegen den Oberarm boxte, von denen er aber wusste, dass sie sie insgeheim mochte.

Death drehte sich ganz zu ihm um und sah ihm in die Augen. „Was also deine Frage angeht – was genau willst du eigentlich wirklich herauszufinden?"

„Wie gesagt, ich will wissen, wer mein Vater ist. Mein richtiger Vater."

„Mhm. Das hast du wohl gesagt. Aber du hast mir nicht verraten, warum."

„Warum müssen die Leute alles immer so kompliziert

machen?“, sagte Tim vor sich hin und schüttelte den Kopf.

„He, du warst doch derjenige, der behauptet hat, es wäre kompliziert. Schon vergessen?“ Death drehte sich wieder um und wühlte weiter. Schließlich zerrte sie an einer großen Truhe. Sie schien gefunden zu haben, wonach sie suchte. „Ich möchte einfach nur herausfinden, wieso jemand, der so vernünftig ist wie du, einem Mantikor in die Falle tappen kann. Das heißt, du bist doch nicht eines Morgens einfach so aufgewacht und wolltest plötzlich unbedingt wissen, wessen Gameten das Vergnügen hatten, deine Blastula zu werden.“

„Hä?“ *Was war denn das für eine Sprache?*

„Komm schon“, murmelte sie in Richtung Truhe und drehte sich dann wieder zu Tim um. „Du bist doch aufgeklärt worden, oder? In der Schule. Von wegen Sperma, Zygoten, Chromosomen und so weiter.“

„Klar.“ *Mann, schon wieder Bio. Wer hätte gedacht, dass der Schulkram je so wichtig werden würde.*

Death wuchtete die Truhe vollends aus der Abstellkammer heraus. „Interessiert dich wirklich, wo deine Chromosomen herkommen?“

Tim kräuselte die Stirn und dachte über die Frage nach. „Ich glaube nicht“, sagte er schließlich.

„Also, was soll dann das Ganze?“

„Du … du … du hast vielleicht mitbekommen, dass meine Mutter tot ist.“ *Das ist wirklich genial,* schimpfte sich Tim innerlich. *Selbstverständlich weiß sie das, verdammt noch mal. Sie ist immerhin der Tod.* Er sah sie prüfend an, um herauszufinden, ob sie die blöde Bemerkung mitgekriegt hatte.

Sie schaute ihn immer noch an, und in ihrem Blick stand Sorge.

„Also sind jetzt seit langer Zeit nur noch Dad und ich da", sagte er. „Er ist schon in Ordnung, aber irgendwie ... Na ja, irgendwie zieht er sich manchmal total in sich zurück, und dann vergisst er völlig, dass ich auch noch da bin. Und dann hat mir so ein obdachloser Kerl erzählt, dass mein richtiger Vater dieser total launische Typ ist, der sich in einen Falken verwandeln kann. Und dieser Falkentyp – Tamlin heißt er – ist auch ein Falkner, was immer das ist. Gleich beim ersten Mal, als ich ihm begegnet bin, hat er mir eine runtergehauen. Und beim zweiten Mal hat er mir dann das Leben gerettet. Es gibt also ihn und dann noch meinen alten Dad, und ich weiß einfach nicht, zu wem ich gehöre."

„Gehören?", wiederholte Death. „Ach, ihr Menschen, was habt ihr nur immer für Vorstellungen! Ihr seid wirklich schräg drauf."

Death kauerte auf allen vieren neben der geschlossenen Truhe. Sie sah Tim aus blitzenden schwarzen Augen an.

„Tim. Erbgut ist die eine Sache. Und Identität was völlig anderes. Wie um alles in der Welt jemand beides verwechseln kann, verblüfft mich immer wieder. Du redest darüber, zu jemandem zu gehören, nur weil etwas zur gleichen Zeit am gleichen Ort passiert ist." Sie schüttelte den Kopf und hockte sich auf die Fersen. „Also wirklich. Wenn überhaupt, dann gehörst du zu dir selbst. Nur dass die meisten von euch nicht mal das schaffen."

Tim riss den Mund auf. Er hatte gedacht, sie würde auf seiner Seite stehen, aber jetzt sah es so aus, als würde sie ihn verspotten und nur wie alle anderen verachten. Er klappte den Mund wieder zu.

Man sollte meinen, dass die Leute einem ein bisschen freundlicher gesinnt sind, wenn man tot ist, dachte er.

Tamlin saß in den Trümmern des Anwesens, wo einmal der Mantikor gehaust hatte. Es war, als wäre alles, was der Mantikor je berührt hatte, zu Staub zerfallen oder in die Brüche gegangen, nachdem Tim das Ungeheuer getötet hatte. Die Bücherregale waren umgekippt, die Scheiben der Schaukästen lagen in Scherben herum. Nur die Knochen und die ausgestopften Tiere aus der Sammlung des Mantikors waren erhalten geblieben.

Nachdem Tim und Tamlin von Titania zu dem Anwesen befördert worden waren, hatte Tamlin eines der großen Podeste freigeräumt und mit einem kunstvollen Wandbehang drapiert, den er irgendwo aufgetrieben hatte. Danach hatte er Tims starren Körper darauf abgelegt und an allen vier Ecken Kerzen aufgestellt – das Ganze wirkte wie ein behelfsmäßiger Altar. Schließlich hatte er sich auf einem mit Schnitzereien versehenen Hartholzstuhl dicht daneben niedergelassen. Die Vorhänge blieben zugezogen; er wollte, dass es dunkel war. Inzwischen konnte er nicht mehr sagen, wie lange er hier nun schon Wache hielt – Stunden? Tage?

Titania riss die große Flügeltür auf und kam hereingestürmt. „Wie lange willst du hier noch wie eine Eule im Dunkeln sitzen und vor dich hin brüten?“, fragte sie. „Hör auf, dich zu quälen! Du glaubst doch nicht etwa, dass du am Tod des Jungen schuld bist.“

„Ich sehe, dass Ihr Tim nun selbst wieder lediglich als ‚den Jungen' bezeichnet", erwiderte Tamlin nur. „Und Ihr redet, als wäre er bereits tot."

„Tot oder lebendig, was hilft es ihm, wenn du hier im Dunkeln herumsitzt?", sagte sie aufgebracht. „Sieh ihm in die Augen, und du wirst dort nur Leere finden. Sein Geist hat ihn schon verlassen."

Sie kniete sich neben Tamlins thronähnlichen Stuhl und schlug einen sanfteren Ton an. „Komm mit mir, Tamlin. Wir haben zwar Timothy verloren, aber einander wieder gefunden. Es schmerzt mich, mit ansehen zu müssen, wie du seit Tagen von deinem Kummer gefangen gehalten wirst – so einsam und allein wie ein Falke in der Falle –, wo ich doch für dich da bin." Sie legte ihm die Hand auf den Schenkel.

Tamlin schüttelte ihre Hand ab und erhob sich. Er hatte so lange reglos dagesessen, dass er ganz steife Glieder hatte. „Vor nicht allzu langer Zeit habt Ihr mir das Menschsein abgesprochen. Einen Falken habt Ihr mich genannt."

„Tamlin, ich ..." Titania stand auf, ging aber nicht auf ihn zu. Tamlin sah ihr an, dass sie ratlos war, was sie nun tun sollte. Er wusste es ebenso wenig.

„Ihr mögt im Zorn gewesen sein, aber Ihr habt die Wahrheit gesprochen", sagte er. „Ich war jung, als Ihr mich hierher gebracht habt, um Euer Falke zu sein. Sechshundert Jahre lang bin ich mit dem Wind geritten, habe gejagt und das ein Leben genannt. Bin auf Eure Hand geflogen, wenn Ihr mich gerufen habt, und nannte es Liebe." Er spürte, wie er immer aufgebrachter wurde. Er warf ihr einen wütenden Blick zu. „Aber es war ein Spiel, Mylady.

Euer Falke zu sein. Und ich stelle fest, dass ich dessen müde bin."

Er schenkte ihrer betroffenen Miene keine Beachtung, trat an Tim heran und legte ihm die Hände auf die kalte Stirn. Tim war bereits beunruhigend blau angelaufen. Die Haut spannte sich fest über den Knochen und ließ ihn schrecklich eingefallen aussehen.

„Es ist nicht Schuld, was mich an meinen Sohn bindet", sagte Tamlin. „An dieses Kind, das unseres hätte sein können. Und auch nicht Trauer. Es ist etwas, was Ihr nie verstehen werdet."

„Und das wäre?", sagte Titania.

„Titania. Können wir bitte neue Kerzen haben? Zwei werden genügen." Tamlin strich Tim über die Stirn und wünschte sich, er könnte die Qualen des Jungen lindern.

Lange Zeit herrschte Schweigen im Raum.

„Kerzen", sagte Titania schließlich mit gepresster Stimme. „Aber selbstverständlich."

Sie stob enttäuscht und wütend zugleich davon. *Glaubt er jetzt, ich wäre sein Botenmädchen?* Als sie den Torbogen in der einstürzenden Mauer erreicht hatte, blieb sie stehen. „Amadan, zu mir!", befahl sie.

Der Flatterling erschien und schwebte dicht vor ihrem Gesicht in der Luft. „Gesagt, getan, meine Königin." Er verbeugte sich. „Und nun vertraut Eurem Narren an, was im Argen liegt. Ich habe Euch nicht mehr so erbost gesehen seit … seit gestern." Er grinste sie an.

„Hüte deine Zunge, Narr, oder du wirst dich noch daran verschlucken", schnauzte Titania in an. „Was mich bedrückt, geht dich einen Kehricht an."

Sie holte tief Luft, um sich zu beruhigen, und setzte dann eine herrische Miene auf.

„Schaff zwei Kerzen herbei und gib sie dem anderen Narren – dem, der dort drinnen mit der Leiche Zwiesprache hält."

Sie zeigte auf das Herrenhaus.

„Und falls diese Begegnung dich zu einem deiner witzigen kleinen Lieder inspiriert, solltest du es dir freundlicherweise verkneifen, es mir vorzutragen, oder du wirst den Rest deiner Tage in Stummheit verbringen."

Mit einem Fingerschnippen verschwand Titania, die Königin des Feenreichs.

Arme kleine Königin, dachte Tamlin, während er Tims eingefallene Wange streichelte. *Wie irritierend muss es sein, sich dabei zu ertappen, wie man auf ein sterbendes Kind eifersüchtig ist. Wie muss dich in solchen Zeiten das Wissen beruhigen, dass deine gesamte Welt da ist, dich zu trösten.*

„Ähem."

Tamlin warf einen Blick über die Schulter. „Amadan", grüßte er knapp.

„Ich hätte mir eigentlich denken können, dass die hier für dich sind, Falkner." Der kleine Flatterling hielt zwei Kerzen, die so groß waren wie er selbst, in den Händen. „Niemand sonst besitzt dieses seltene Talent, Königinnen derart zu erzürnen", sagte Amadan trocken. „Was für eine erstaunliche Begabung!"

„Amadan. Die Kerzen."

Amadan flog zu Tamlin hinüber und legte die Kerzen neben Tim ab. „Wie hast du es denn diesmal geschafft,

Mylady aus der Fassung zu bringen? Hast du den Jungen ermordet?"

Tamlin griff nach einem der Kerzenhalter, entfernte den Stummel der niedergebrannten Kerze und ersetzte ihn dann durch eine der Kerzen, die Amadan gebracht hatte.

„Amadan, ich war bislang zu beschäftigt, um dich zur Strecke zu bringen. Aber wenn du noch einen Augenblick hier bleibst, werde ich sicherlich die Zeit erübrigen können, dich zu ermorden."

Ohne ein weiteres Wort flatterte Amadan davon.

Tamlin widmete sich der zweiten Kerze. „Es war Merlin, der mich lehrte, die Gestalt eines Falken anzunehmen", sagte er zu Tim, obwohl er wusste, dass der Junge ihn nicht hören konnte. „Er hat mich auch noch vieles andere gelehrt. Er vergoss Tränen in seinen Wein, als er mir erzählte, wie er neben Artus' Lagerstatt in Avalon weilte und mit anhören musste, wie der König im Todesschlaf stöhnte."

Tamlin holte ein paar Kräuter aus dem Sack und streute sie über Tim.

„‚Ich könnte ihn heilen', sagte er mit seiner vom Alter gebeugten Stimme", fuhr Tamlin fort. „‚Warum tust du es dann nicht?', habe ich gefragt, weil ich ihm nicht glaubte. ‚Du verspottest mich', erwiderte Merlin mit glühendem Blick. Er hob die Hände, und sie verwandelten sich für die Zeit eines Wimpernschlags in Flammen. Mir war schon, als hätte er vor, mich ins Höllenfeuer zu schleudern. Dann sank er wieder auf den Stuhl und sagte mit einer Stimme, die bitter vor Selbsthass war: ‚Ach, das verstehst du nicht.

Wie solltest du auch?‘ Und dann verriet er mir den Zauberspruch.“

Tamlin betrachtete sein Werk. Die Kräuter waren an Ort und Stelle, die Kerzen angezündet. Er rief sich die Worte in Erinnerung.

„Ja“, sagte er. „Der Zauberspruch.“

Kapitel vierzehn

Okay, jetzt hatte Death es wirklich geschafft, ihn auf die Palme zu bringen. „Ach, ich bin also dumm", entgegnete er. „Wir *Menschen* sind alle so verdammt dumm, ja? Na gut. Vielen Dank auch." Tim stand auf, aber dann fiel ihm ein, dass er ja nirgends hingehen konnte.

Death klappte die Truhe auf und begann, Sachen herauszuholen. Einen Beutel mit Nägeln. Einen Stapel Postkarten. Nicht zusammenpassende Socken. „Hör auf damit, mir Worte in den Mund zu legen. Ich halte dich nicht für dumm. Jedenfalls nicht dich im Besonderen. Nur für etwas überdreht halt."

„Du hast gut reden", murmelte Tim.

„Ja. Das habe ich."

Sie wühlte weiter, was Tim irgendwie nur noch wütender machte. Sie wirkte so gleichgültig, dabei ging es hier für ihn um eine große Sache. Begriff sie das denn nicht?

„*Du* brauchst dir ja um nichts Sorgen zu machen", sagte er angriffslustig.

„Nee, das brauche ich nicht. – Ah, da ist es ja!" Sie hielt einen Umschlag hoch und grinste.

Tim war es egal, was sie da gefunden hatte. Sie schien ihm überhaupt nicht zuzuhören, sondern sich mehr für diesen dämlichen kleinen Umschlag als für ihn zu interessieren.

„Dich kann niemand dazu zwingen, etwas zu tun, was du nicht tun willst. Nicht die Erwachsenen, nicht irgendwelche Feen – niemand!“, sagte Tim aufgebracht. „Und du kannst dich nicht verlaufen, und du weißt, was du tust und so. Du hast deine komische Arbeit.“ Er schüttelte den Kopf und starrte sie wütend an. „Du bist so fröhlich, dass es geradezu absurd ist.“

„Komische Arbeit?“ Sie lachte. „Das ist ziemlich gut.“ Schließlich wurde sie wieder ernster. „Tim“, sagte sie. „Alles, was du gesagt hast, hat irgendwie seine Richtigkeit. Vielleicht solltest du dich selbst einmal fragen ...“ Sie hielt inne und machte eine Miene, als hörte sie etwas aus der Ferne. „Ups, zu spät. Tut mir Leid, Tim. Zeit für meine komische Arbeit.“

Tim starrte sie mit offenem Mund an. Sie hatte ihm gerade etwas Wichtiges sagen wollen, und jetzt haute sie einfach ab? „Aber ... aber das ist unfair!“, stotterte er.

„Da hast du Recht“, stimmte sie ihm zu. „So ist es.“

Tim brach zusammen, während alles rings um ihn her wieder schwarz wurde.

Welch ein Schmerz, dachte Tamlin. *Aber es ist nur Schmerz. Es wird bald vorbei sein. Der Tod, den er gestorben wäre, ist nun der meine.* Tamlin stöhnte vor Todesqualen auf und wand sich auf seinem thronähnlichen Stuhl. *Sobald das Opfer vollendet ist, wird mein Leben ihm gehören.*

„Tamlin?“ Death war vor ihm erschienen. „Du kannst jetzt loslassen.“

Ihre Stimme war so sanft und rein wie der Klang eines Glöckchens. Tamlin spürte, wie er sich aus seiner körperlichen Hülle erhob und zu ihr ging.

„Herrin? Wird das Kind …“

„Oh, Tim wird es gut gehen“, versicherte ihm die Frau. Sie legte den Kopf auf die Seite. „Aber es ist schade, dass ihr beide euch nicht noch eine Weile unterhalten konntet. Es gab da etwas, was er dich unbedingt fragen wollte.“

Tamlin betrachtete seinen aufgebahrten Sohn. Das Leben, das er geopfert hatte, fuhr bereits in den Jungen. Tims verrenkte Gliedmaßen nahmen wieder ihre ursprüngliche Form an, und Farbe kehrte in seine Wangen zurück.

„Müssen wir ihn hier lassen, wo er Titania ausgeliefert ist, ganz allein auf sich gestellt?“ Tamlin wandte sich wieder dem Mädchen zu, von dem er wusste, dass es der Todesengel war. „Titania glaubt fest, dass sie mich liebt; sie wird ihm die Schuld an meinem Tod geben. Sie wird unbarmherzig sein. Und grausam.“

„Damit kommt Tim schon zurecht“, sagte Death. „Du wärst überrascht, wie findig der Junge ist. Gehen wir.“

Tamlin nickte, und dann verschwanden sie.

Tim rührte sich und stieß dabei eine der Kerze um. Das heiße Wachs kleckerte ihm auf die Hand. „Autsch!“ Er setzte sich auf und sah sich verwirrt um. „Hä? Also wenn das hier meine Beerdigung sein sollte, wird aber jemand ziemlich enttäuscht sein.“

Er schwang die Beine über die Seite des Podests und stand auf. „Wie bin ich wieder hierher gekommen?“, fragte er sich, als er das Herrenhaus des Mantikors erkannte.

„Jemand sollte mal eine Putzkolonne vorbeischicken", stellt er danach trocken fest und kickte ein paar Glasscherben aus dem Weg.

Jetzt muss ich mich nur noch erinnern, wo die Tür nach draußen ist, dachte er. Er drehte sich um – und erstarrte. Vor ihm auf einem thronartigen Stuhl saß eine grässlich verzerrte Gestalt.

Das Herz klopfte ihm bis in den Hals. Er erkannte den Lederhandschuh, das lange Haar. Plötzlich wurde ihm klar, was geschehen sein musste.

„Du Vollidiot!", schrie er. Er stolperte zu Tamlins im Todeskrampf erstarrter Leiche. „Warum hast du das getan? Ich war gerade dabei, ganz angenehm zu sterben, aber du musstest dich ja einmischen."

Er sank neben dem Stuhl nieder und heulte los. Das heftige Schluchzen ließ seinen ganzen Körper erbeben. Er tastete nach dem Öffnungsstein, den Tamlin ihm gegeben hatte, und er weinte um seinen Dad in London und um diesen Vater, den er gerade erst entdeckt und der sich für ihn geopfert hatte. Und weil er verwirrt, traurig und völlig erledigt war.

Schließlich – restlos leer und innerlich wund – wischte er sich das Gesicht mit dem T-Shirt ab. Er lehnte sich mit dem Rücken gegen den Stuhl und schlang die Arme um den Oberkörper. Ihm war so kalt. Er hatte das Gefühl, jetzt noch viel weniger zu wissen als zuvor. Er verstand gar nichts mehr und hatte nur noch den einen Gedanken, nämlich wie gern er Molly jetzt sehen wollte. Er schloss die Augen, hielt weiter den Stein fest mit der Hand umklammert und schlief erschöpft ein.

Als er wieder aufwachte, war er in seinem Zimmer in London und das Telefon klingelte. Er hielt den Öffnungsstein immer noch in der Hand.

Verwirrt griff er automatisch nach dem Hörer. „Hallo?", sagte er heiser.

„Tim?", sagte Molly. „Alles in Ordnung?"

„Was?"

„Hast du schon mit deinem Dad gesprochen?", fragte sie. „Über diese Sache, du weißt schon, über die wir vorhin gesprochen haben."

„Wann war das gewesen?" Er wusste, dass er wie ein totaler Idiot klang, aber irgendwie brachte sie ihn durcheinander. Musste es nicht schon mehrere Tage her sein, dass er mit ihr gesprochen hatte?

„Tim, was ist los? Du hast ausgesehen, als wärst du einigermaßen okay, als du vor einer Stunde hier weggegangen bist. Aber jetzt klingst du schon wieder ziemlich mitgenommen. Was hat dein Dad denn zu dir gesagt?"

Vor einer Stunde? Dann fiel Tim ein, dass die Uhren in magischen Ländern ja auf seltsame Weise anders liefen.

„Du hast versprochen, mich gleich anzurufen, wenn du mit deinem Vater geredet hast. Du hast doch schon, oder?"

„Ja", sagte er. „Ja, ich habe mit ihm geredet. Tut mir Leid, dass ich dich noch nicht angerufen habe – ich hatte hier noch was zu tun."

„Es stimmt also?", fragte Molly.

„Ja, ich glaube schon", sagte Tim. Er steckte die freie Hand in die Hosentasche und spürte dort etwas, was sich wie Papier anfühlte. Er zog einen kleinen Umschlag hervor und starrte ihn an. „Was ist denn das?"

„Was sagst du?", fragte Molly.

„Ach, nichts", antwortete Tim. Er öffnete den Umschlag, den er, wie ihm nun klar wurde, zuletzt bei Death in der Wohnung gesehen hatte. Aus irgendeinem Grund musste sie ihn ihm zugesteckt haben. Er schüttelte sich den Inhalt auf die Handfläche. Es sah aus wie Samenkörner. Seltsam.

„Also, ich muss jetzt aufhören", sagte er.

„Möchtest du nicht noch mal vorbeikommen?", fragte Molly. „Ich könnte dir einen Tee machen. Meine Mutter schwört auf die beruhigende Wirkung von Tee."

Er wollte sie wirklich gern sehen, aber er hatte da plötzlich etwas vor, etwas, was er lieber allein tun wollte. „Lieber nicht. Es ist schon spät. Deine Eltern würden durchdrehen, wenn ich jetzt noch auftauche. – Ach ja … Molly?", fügte er hinzu. „Wenn du wirklich guten Tee hinkriegen willst, darfst du übrigens das Wasser nicht zu lange kochen lassen."

Molly lachte. Es war ein angenehmes Lachen. „Na fein, mein Herr Experte, ich werde ganz bestimmt von nun an jedes Mal, wenn ich etwas koche, deinen Rat einholen." Ihre Stimme wurde weich. „Wenn du anrufen willst … ganz gleich wie spät …"

„Danke, Molly. Es geht mir jetzt schon viel besser." Und es kam ihm beinahe so vor, als entspräche das der Wahrheit.

Sie legten auf. Tim starrte die Samenkörner in seinem Handteller an. Er schloss die Hand darum und schlich sich aus dem Haus. Alle Lampen waren aus. Sein Dad war wohl schon ins Bett gegangen.

Draußen in der Dunkelheit war es eisig, aber Tim spürte die Kälte kaum. Er beeilte sich und hielt sich dabei in den Schatten der Straßenlaternen, weil er sich momentan im Dunkeln stärker fühlte. Schon bald erreichte er den Friedhof.

Ohne die Samenkörner loszulassen, stemmte er sich das Tor hoch. Auf der anderen Seite ließ er sich auf den vereisten Boden fallen und schlich dann zu dem vertrauten kleinen Rechteck.

Er kniete sich ans Grab seiner Mutter und starrte ihren Grabstein an. „Hallo, Mama. Ich wollte wirklich, du könntest mir erzählen, wie das alles passiert ist. Aber wahrscheinlich ist es jetzt sowieso egal. Du bist nicht mehr da. Tamlin ist nicht mehr da. Aber ich lebe immer noch. Und ganz gleich, wie es passiert ist, dass du einem Mann begegnet bist, der auch ein Falke war, das heißt, na ja, irgendwie bin ich halt immer noch ich. Nichts kann daran etwas ändern."

Tim schob etwas Erde vom Grab seiner Mutter. Er grub ein flaches Loch, streute die Samenkörner hinein und deckte sie dann mit der Erde wieder zu.

Er blieb noch einen Augenblick sitzen und genoss die dunkle Nacht, genoss das Gefühl, am Leben zu sein. Schließlich stand er auf, und seine Beine fühlten sich erheblich fester an als noch bei seiner Ankunft. „Tschüs", sagte er zum Grabstein. „Bis bald."

Er verließ den Friedhof, ohne sich noch einmal umzudrehen. Dennoch, als er im Dunkeln nach Hause schlich, fragte er sich, was er da gerade gesät hatte. Was würde aus diesen Körnern sprießen?

Und zu was würde all sein neues Wissen dienen? Und die neu aufgeworfenen Fragen? Zu entdecken, dass sein Dad nicht wirklich sein Dad war, wie würde sich das auswirken – auf sie beide? Und zu wissen, dass sein wirklicher Vater sich geopfert hatte, damit er, Tim, weiterleben konnte ... Tim schüttelte den Kopf. Wie sollte er damit je fertig werden?

Er bog um eine Ecke, und im Licht einer Straßenlampe konnte er in einem dunklen Schaufenster sein Spiegelbild sehen. Er blieb stehen und starrte es an.

„Wer bist du also, Timothy Hunter?", fragte er. „Schon gut, halt ruhig die Klappe", verspottete er sein Spiegelbild. „Du behältst die Dinge wohl lieber für dich, wie? In diesen seltsamen Zeiten vielleicht gar keine so schlechte Idee." Er grinste. „Vielleicht bist du doch nicht so dumm wie du aussiehst, Hunter."

Hunter. Tim fiel ein, dass sein Nachname ja nur deshalb Hunter war, weil seine Mutter einen Mr. Hunter geheiratet hatte. Hätte sie Tamlin geheiratet, würde Tims Name ... wie lauten?

Es dämmerte ihm. Timothy Hunter konnte also nicht sein „wahrer" Name sein. Man nannte ihn nur so.

Wie lautete also sein wahrer Name?

„Nein danke", sagte er zu seinem Spiegelbild. „Im Augenblick waren das genug Fragen."

Er ging nach Hause. Dieses eine Mal dachte er an gar nichts mehr und genoss es einfach, dass die kalte Luft ihn daran erinnerte, dass er noch eine Lunge hatte, dass der Nachthimmel voller Sterne war und dass es ihm irgendwie gelungen war, eine ganze Welt zu retten.

Die Reise geht weiter in:

Die Bücher der Magie

Band 3

Der Kinderkreuzzug

Es geschah im Jahre 1212. Der vierte Kreuzzug war gerade zu einem blutigen Ende gekommen. Er war in jeder Hinsicht so erfolgreich gewesen wie die drei vorangegangenen, das heißt, ein völliger und absoluter Fehlschlag. Seit mehr als einhundert Jahren zogen nun schon ganze Armeen gegen die Heilige Stadt, aber Jerusalem befand sich noch immer in der Hand der Sarazenen.

Dann begab es sich, dass sich ein Mann im Gewand eines heiligen Mönchs unter den Völkern Frankreichs und Deutschlands erhob. Er verkündete allen ein dunkles Evangelium.

„Warum sind die Kreuzzüge gescheitert?", verlangte er zu wissen. „Selbst mit Gottes Allmacht und Liebe auf unserer Seite – warum fallen unsere Armeen immer wieder angesichts der Heiden? Warum?"

Seine dunklen Augen blitzten die benommene und schweigende Menge an. „Weil wir nicht rein sind!", antwortete er für sie. Seine Stimme verströmte lautstark den Wohlklang des Rechtschaffenen. „Weil unsere Soldaten verschmutzt und besudelt sind von Sünde. Wie können Sünder wie wir das Heilige

Land erobern?" Er hielt inne, damit die Sünder vor ihm darüber nachdenken konnten. „Ich sage euch, wie! Wir müssen eine Armee von Unschuldigen aufstellen. Eine Armee von Kindern. Und wenn sie Jerusalem erreichen, mit Gott und der Unschuld an ihrer Seite, können wir uns des Sieges gewiss sein. Das wird der größte aller Heiligen Kriege werden. Der Kinderkreuzzug!"

Die Menge raunte und murmelte und verlief sich dann allmählich. Er hatte sie in seinen Bann geschlagen und ihnen eine Lösung angeboten; danach verjagten sie ihn. Aber sie sprachen über ihn und seinen verrückten Plan.

Das Wort des Mönchs wurde in ganz Europa verbreitet. Die Erwachsenen schnaubten verächtlich, aber die Kinder erhörten es – und glaubten fest daran. Überall auf dem Kontinent versammelten sie sich, flüsterten miteinander und schmiedeten Pläne, erwogen alles gründlich und überließen sich der Sehnsucht. Sie schlossen sich in Scharen dem Kreuzzug an. Einige verließen ihre Eltern und ihr behagliches Zuhause. Andere verließen Gassen, Wälder und die Fronarbeit auf dem Land.

Über fünfzigtausend Jungen und Mädchen reisten nach Marseille, wo einhundert Schiffe ihrer harrten. Keines der Kinder wusste, wo Jerusalem lag, auch nicht, was geschehen würde, sollten sie erst einmal dort hingelangen, aber ihr Glaube hielt sie aufrecht. Und der Mann im Mönchsgewand stand im Hafen an der Mole und beobachtete, wie die Kinder an Bord der Schiffe gingen. Und lächelte.

Im Januar des Jahres 1213 setzten die Schiffe endlich Segel. Im Laufe der nächsten Monate trafen weiter Kinder in Marseille ein, in der Hoffnung, sich dem Kreuzzug anschließen zu können. Aber als diese einhundert Schiffe einmal Segel gesetzt hatten, sollte kein weiteres mehr folgen. Die Zuspätgekom-

menen weinten gebrochenen Herzens am Ufer, weil sie nicht Teil der Armee Gottes sein durften.

Sie waren die Glücklichen.

Ein großer Sturm kam auf und zerstörte achtundneunzig der einhundert Schiffe. Neunundvierzigtausend Kinder ertranken in jener Nacht. Man könnte sagen, dass auch sie zu den Glücklichen zählten. Die hundert Schiffe steuerten nämlich nicht Jerusalem an, sondern den Hafen von Anfa in Marokko. Und die Kinder sollten nicht etwa Kämpfer in einem Heiligen Krieg werden, sondern Leibeigene in einem florierenden Sklavenhandel.

Die restlichen beiden Schiffe trafen in Marokko ein, wo ein lächelnder Mann sie in Empfang nahm, der nicht länger wie ein Mönch gekleidet war. Achthundert Kinder (zweihundert waren während der Überfahrt gestorben) wurden entladen und auf dem Markt des Hafens verkauft. Gerüchte vom Schicksal der Kinder drangen schließlich auch bis nach Europa. Die Identität des Mönchs, der das Ganze eingefädelt hatte, wurde nie gelüftet.

Fünfzigtausend Kinder brachen zu jenem Kreuzzug auf. Keines davon kehrte jemals zurück.

Aiken Drum und seine Schwester Mwyfany schleppten sich durch den glühenden Sand. Sie hatten die Stürme überlebt, befanden sich aber nun in einem fremdartigen Land. Sie waren so lange und so weit gereist; Aiken konnte sich schon gar nicht mehr erinnern, wie lange sie unterwegs waren. Anfangs waren sie ganz aufgeregt gewesen, weil sie sich dem Kreuzzug anschlossen. Sie würden Großes leisten! Sie würden wichtig werden; ein Teil von etwas, was so viel größer war als sie selbst. Diese Aufgeregtheit und dieses Streben trugen sie nach Marseille, und ihr Glaube hielt sie aufrecht, als sie erst einmal an Bord des Schiffs waren.

Anfangs hatten Aiken und seine Schwester keine Angst verspürt. Und selbst als das große Schiff schlingerte und rollte, selbst als sie gemeinsam zitterten und sich das Grauen ausmalten, das der Krieg, dem sie sich anschließen wollten, bringen würde, blieben sie tapfer, wussten sie doch, dass sie auf der Seite des Guten, Rechtschaffenen und Wahren standen. Ihr Gott würde sie beschützen. Schließlich hatten sie diese große Reise für Ihn und zu Seiner Ehre unternommen. Wurden sie von der Besatzung grob behandelt oder links liegen gelassen, so dachten sich die eifrigen Kinder nichts dabei. Sich um das Schiff zu kümmern war erheblich wichtiger, als sich um sie zu kümmern, dachten sie.

So war es gewesen, bevor die anderen ertranken. Und vor der eigenen Ankunft in Marokko.

Die Sonne dörrte Aiken die Kehle aus. Die Lippen waren aufgeplatzt, und die verbrannte Haut spannte schmerzhaft. Er blickte die Schlange entlang nach hinten, wo seine Schwester von den größeren Kindern taumelnd mitgezerrt wurde. Seine Schwester war schlechter dran als er. Sie war noch so klein, und sie hatten schon so lange nichts mehr zu essen bekommen. Er sah einen Schatten im Sand neben sich auftauchen und zwang sich, wieder nach vorn zu schauen, um einem weiteren Hieb mit der Peitsche zu entgehen.

Sie waren, wie die restlichen Überlebenden der Reise, im Tumult des Markts verkauft worden. Mwyfany hatte sich an ihn geschmiegt, ganz verängstigt von den Worten, die in seltsamen Sprachen auf sie einbrandeten, von den beißenden Gerüchen und eigenartigen Waren. Anfangs hatte Aiken sich glücklich geschätzt, dass er und Mwyfany nicht getrennt worden waren. Aber nun fragte er sich, ob sie nicht besser an einen anderen Herrn verkauft worden wäre. Aiken hatte keine Ahnung, wo ihr Ziel lag, und er war sich auch nicht sicher, ob sie den Weg dorthin überleben würden. Ein anderer hätte sie vielleicht in einer Küche oder Wäscherei arbeiten lassen. Aber das war jetzt für immer vorbei.

Wie lange wird dieser Gewaltmarsch wohl noch dauern?, fragte er sich immer wieder, während der Sand ihm die Fußsohlen wund rieb und die Sonne die Augen blendete.

Die Reise schien sich endlos hinzuziehen. Die Nächte waren bitterkalt, und das wenige Trinkwasser, das man ihnen reichte, war verdorben. Und doch fiel keines der dreizehn Kinder, die mit sonnenverbranntem, sich schälendem Gesicht durch die Wüste trotteten, vom Glauben ab. Sie glaubten immer noch an Wunder.

„Aiken!“, rief Mwyfany.

Der Junge drehte sich zu seiner Schwester um, und die Seile scheuerten unbarmherzig an seinen Handgelenken. Sie war gestürzt und versuchte nun angestrengt, wieder aufzustehen. Ihre Bemühungen rissen andere Kinder ringsum zu Boden. Die Sklaventreiber befreiten sie von dem Seil, das sie mit den anderen verband. Sie kam immer noch nicht auf die Beine. Die Sklaventreiber schwangen die Peitsche, damit die Karawane weiterzog, und ließen das kleine Mädchen einfach dort zurück, wo es im Sand scharrte und sich unablässig aufzurichten versuchte.

„Nein!", schrie Aiken. Er stemmte sich mit den Fersen in den Sand und blieb stehen. Einer der Männer schlug mit der Peitsche nach ihm und hieb auch gleich noch auf den Jungen vor ihm und das Mädchen hinter ihm ein, damit sie nicht ebenfalls trödelten.

„Mwyfany!", schrie Aiken. „Mwyfany!"

Die brennenden Peitschenhiebe, der glosende Sand und sein geschwächter Körper forderten ihren Tribut. Alles schien sich gegen ihn zu verschwören, um zu verhindern, dass er ihretwegen stehen blieb, dass er um sie kämpfte. Er konnte nicht einmal ein Gebet für sie gen Himmel schicken – noch gar Lebewohl sagen.

Ihre Stimme klang so schwach wie Herbstlaub, das über den Boden trieb. Aiken hätte die Sklaventreiber ermordet, wären nicht die Seile gewesen, die ihn an die anderen Kindersklaven fesselten.

Die Tränen, die er um seine Schwester vergoss, rannen ihm die schmutzigen Wangen hinab, aber er gab keinen Laut von sich. Er bebte am ganzen Körper, während er gewaltsam das heftige Schluchzen zu unterdrücken suchte, das mit Urgewalt aus ihm herausbrechen wollte.

Er spürte eine leichte Berührung am Rücken und ließ den Kopf herumschnellen. Als Aiken in die dunklen Augen des Mädchens hinter ihm starrte, las er dort Mitgefühl und Trauer. Abermals berührte sie ihn, ließ ihn wissen, dass sie sein Leid teilte, dann ruckte sie mit dem Kopf, um ihm klar zu machen, dass er wieder nach vorn schauen müsse, wollte er nicht erneut die neunschwänzige Katze zu spüren bekommen.

Weiter und weiter und immer weiter. Sie zogen durch die Wüste und dann eine Wasserstraße entlang, schließlich durch Wald. Eines späten sternlosen Abends erreichten sie eine Stadt und wurden durch dunkle Straßen in ein riesiges Gebäude geführt. Drinnen warf man sie unsanft in eine Kellergrube und ließ sie dort im Dunkeln allein.

Sie waren jetzt nur noch zu zwölft: zwölf erschöpfte, verdreckte, verängstigte, halb verhungerte Kinder. Keines war älter als vierzehn.

Langsam gelang es ihnen, sich miteinander zu verständigen – ein paar Brocken Deutsch, Französisch, Englisch, Italienisch oder Spanisch hie und da. Einige der Jungen sprachen auch ein wenig Latein. Schließlich erschufen sie aus diesem seltsamen Sprachenmischmasch eine völlig neue Sprache, eine, die sie alle verstanden. Sie flüsterten miteinander, spendeten einander Trost und machten sich Gedanken über ihr Schicksal.

Aiken erfuhr, dass das Mädchen mit den dunklen Augen Yolande hieß und mit ihrer Schwester aus Spanien gekommen war. Er erfuhr nicht, warum sie nun ohne Schwester war, aber das brauchte sie auch nicht zu verraten. Ihre Zöpfe waren verfilzt, und das Gesicht war von der aufreibenden Reise ganz hager und ausgemergelt. Er schätzte sie auf etwa zehn Jahre – altersmäßig genau zwischen Mwyfany und ihm –, aber die durchlittene Tortur hatte ihr das Aussehen einer weisen alten Frau verliehen. Vermutlich sah auch er inzwischen sehr viel älter aus als vierzehn Jahre.

Man konnte in diesem Kerker unmöglich sagen, wann Tag und wann Nacht war. Von Zeit zu Zeit öffnete sich die Falltür zur Kellergrube, und jemand warf halb verwestes Fleisch oder verfaultes Obst herunter. Wasser wurde in einem Kübel abgeseilt, wohl einmal am Tag. Und mit der Zeit wurde der Gestank in der Grube immer schlimmer. Sie lebten im Dunkeln und wussten nie, wie viel Zeit vergangen war.

Dann kamen eines Tages mehrere Männer und nahmen Yolande mit.

Aiken hockte auf dem Grubenboden, den Rücken an die glitschige Mauer gelehnt, und lauschte mit all den anderen. Yolandes Schreie gingen ihnen durch Mark und Bein. Dann herrschte auf einmal Stille, was sogar noch schlimmer war. Die Kinder blickten einander in dem spärlichen Licht an, das durch Ritzen seinen Weg in den Keller fand, und erkannten mit wachsendem Entsetzen, dass sie nun wussten, was die Zukunft ihnen brachte.

Irgendwie, vielleicht als Antwort auf das ganze Grauen, schlief Aiken ein. Er hatte noch nicht zu träumen begonnen, da schreckte er jäh wieder auf. Yolande stand vor ihm und sprach ihn in seiner Sprache an, obwohl sie nie mehr als einige Brocken davon gelernt hatte. „Es gibt einen Ausweg", sagte sie zu ihm. „Es gibt einen Ort, an den man gehen kann und wo man für immer Zuflucht finden wird." Und dann zeigte sie ihm, wie man dorthin gelangte.

Er blinzelte kurz, aber da war sie schon verschwunden. Er spähte in die Dunkelheit und sah ringsum glänzende, weit aufgerissene Augen. Yolande war nicht nur ihm erschienen; sie hatte zu jedem einzelnen in dessen Muttersprache gesprochen.

„Ein Tor“, hatte sie ihnen versprochen. Und sie wussten auch, wie es zu öffnen war.

„Wir machen es jetzt sofort“, sagte Aiken in der von ihnen selbst geschaffenen Sprache. Reihum im Kreis wurde genickt.

„Einer muss der Anführer sein“, meinte jemand.

Aber wie diesen wählen? Es war nicht die richtige Zeit, um Reden zu schwingen oder umständlich abzustimmen. Die einfachsten Methoden waren da immer die besten. Sie gingen im Kreis herum, spielten Stein, Blatt, Schere, und bei jeder Runde schied ein Spieler aus. Blatt bedeckt Stein; Schere schneidet Blatt, Stein zermalmt Schere. Schließlich blieben Aiken und ein Junge namens Kerwyn übrig.

Aiken blickte dem hoch gewachsenen Jungen in die Augen und kam sogleich zu einer Entscheidung. Er wollte diese Runde nicht gewinnen. Er war zu ängstlich und zu erschöpft, um Anführer zu werden. Erst seine Schwester, dann Yolande. Er hatte schon zu viel verloren, um die Verantwortung für die Sicherheit anderer übernehmen zu können. Aus einer Ahnung heraus formte er hinter dem Rücken die Finger zu einer Schere.

„Schnick, schnack – schnuck!“, rief jemand, und die beiden Jungen streckten die Hände vor. Aiken zeigte seine Schere.

Kerwyn hatte die Hand zur Faust geballt: Er hatte den Stein gewählt. Kerwyn war der Anführer.

Sie setzten sich im Kreis, und Kerwyn nahm eine Scherbe und ritzte damit jedem Kind in den Finger. Sie benutzten ihr Blut, um das besondere Muster, das Yolande ihnen beschrieben hatte, auf den Boden zu malen. Manchmal musste Kerwyn die Kinder mehr als einmal ritzen, um genug Blut zu bekommen. Jenes Tor in die Freiheit zu erschaffen hatte seinen Preis. Sie waren die Ersten; sie mussten etwas von sich geben, damit ihnen der Übergang gelang. Gleichzeitig verband das Ritual sie zu Blutsbrüdern und -schwestern.

Endlich waren sie so weit. Kerwyn war der Erste, der über das Muster hüpfte. Das Himmel-und-Hölle-Gitter glühte scharlachrot auf – und er verschwand! Es hatte geklappt!

Aiken musste an seine Schwester denken. Wenn doch nur … Er schüttelte den Kopf. Es war nun zu spät für fromme Wünsche. Eines nach dem anderen hüpften die Kinder über das Muster und verschwanden. Aiken näherte sich dem Himmel-und-Hölle-Gitter. Er holte tief Luft und sprang …

… ins Freie Land. Wo nichts und niemand ihnen jemals wieder Schmerzen zufügen konnte.

Carla Jablonski hat Dutzende von Bestsellern für Kinder und Jugendliche geschrieben und herausgegeben. Daneben ist sie Schauspielerin, Stückeschreiberin und Trapezkünstlerin, die häufig in Schottland und New York aufgetreten ist. Als waschechte New Yorkerin lebt sie in Brooklyn.

Neil Gaiman ist der renommierte und mit Preisen ausgezeichnete Autor solcher Titel wie *American Gods* und *Coraline* (beide waren auf der Bestsellerliste der *New York Times*), *Niemalsland* und *Sternwanderer* (für den er den Alex Award der amerikanischen Bibliotheksvereinigung erhielt). Daneben ist er u. a. Autor der Grafiknovellen-Serie *Sandman*.

John Bolton war sieben, als er den Malpinsel für sich entdeckte. Seitdem hat er eine lange, ruhmreiche Karriere absolviert, während der er mit einigen der angesehensten Vertreter der Comic-Zunft für eine Vielzahl herausragender Verlagshäuser zusammengearbeitet hat.

Die Original-Comic-Vorlage der Roman-Reihe

DIE BÜCHER DER MAGIE

Band 1

von
NEIL GAIMAN

illustriert von
John Bolton
Scott Hampton
Charles Vess
Paul Johnson

Vier geheimnisvolle Männer in Trenchcoats offenbaren dem jungen Tim Hunter, dass er das Potential habe, der Merlin des 21. Jahrhunderts zu werden. Aber was ist das wert, wenn schon der ganz normale Alltag Ärger macht? Wenn die Schule nervt, der Vater vor dem Fernseher versackt und die hübsche Molly unbedingt zum Eis eingeladen werden will? Und nun tauchen auch noch magische Wesen auf, die einem das Leben schwer machen! Eigentlich könnte Tim die Magie gestohlen bleiben – wäre sie nicht so verdammt nützlich und cool!
Eine faszinierende Comic-Erzählung über die Gefahren und Chancen der Jugend und deren unbegrenzte Möglichkeiten – von Bestseller-Autor NEIL GAIMAN (American Gods), der mit der Serie SANDMAN schon einmal Comic-Geschichte geschrieben hat. Dies ist der Auftakt der Serie über die Abenteuer von Tim Hunter, Meister-Magier in spe.

ISBN 3-933773-82-2

weitere Bände von Neil Gaiman:

Bd. 2: Der Kinderkreuzzug
(3 Hefte) 3-936068-94-1

von John Ney Rieber:

Bd. 3: Bannkreise
3-933773-19-9
Bd. 4: Beschwörungen
(4 Hefte) 3-933773-83-0
Bd. 5: Abrechnungen
3-933773-53-9
Bd. 6: Verwandlungen
3-933773-63-6
Bd. 7: Unterwegs
3-936068-30-5

VERLAG THOMAS TILSNER
www.speedcomics.de

Eine Reise voller Gefahren
in das Land der Monster und Magie!
DELTORA QUEST
Die internationale Bestseller-Reihe
Band 1: ISBN 3-89748-569-9
Band 2: ISBN 3-89748-570-2
Band 3: ISBN 3-89748-695-4
Band 4: ISBN 3-89748-696-2
EMILY RODDA
Band 5: Der Berg der Angst
ISBN 3-89748-697-0
Ab März 2004 erhältlich
Band 6: Das Labyrinth der Bestie
ISBN 3-89748-812-4
Deltora Quest © 2003 Emily Rodda. All rights reserved.
Dino entertainment
www.DinoAG.de